开学第一课

依据国家教育部和中央电视台
联合主办的《开学第一课》活动
"我爱你，中国！"主题拓展原创版

我和星星有个约会

中央电视台《开学第一课》编写组 编

时代文艺出版社

图书在版编目（CIP）数据

我和星星有个约会／中央电视台《开学第一课》编写组编.—2版.
—长春：时代文艺出版社，2016.1（2023.7重印）
（开学第一课）
ISBN 978-7-5387-4947-2

Ⅰ.①我… Ⅱ.①中… Ⅲ.①中国文学—当代文学—作品综合集 Ⅳ.①I217.1

中国版本图书馆CIP数据核字（2015）第257197号

出 品 人　陈　琛
责任编辑　孟宇婷
装帧设计　孙　利
排版制作　隋淑凤

我和星星有个约会

中央电视台《开学第一课》编写组 编

出版发行／时代文艺出版社
地址／长春市福祉大路5788号　龙腾国际大厦A座15层　邮编／130118
总编办／0431-81629751　发行部／0431-81629755
官方微博／weibo.com／tlapress　天猫旗舰店／sdwycbsgf.tmall.com
印刷／北京市一鑫印务有限公司
开本／710mm×1000mm　1／16　字数／120千字　印张／12
版次／2016年1月第2版　印次／2023年7月第3次印刷　定价／36.00元

图书如有印装错误　请寄回印厂调换

敬启
书中某些作品因地址不详，未能与作者及时取得联系，在此深表歉意。敬请作者见到本书后，通
过以下方式与我们联系，我们将按国家规定支付稿酬并赠送样书。
E-mail：azxz2011@yahoo.com.cn

《开学第一课》编委会

编委会主任：韩　青　许文广

主　编：许文广

副主编：卢小波

编　委：张雪梅　骆幼伟　张　燕　吴继红

　　　　若　安　段语涵　齐芮加　乔　枫

　　　　贾　翔　仝瑞芳　娅　鑫　徐　雄

　　　　李　君　古　靖　邓淑杰　李天卿

　　　　曾艳纯　郜玉乐　孟　婧

《开学第一课》的价值

有人问我，《开学第一课》的价值体现在什么地方？我认为最重要的就是全社会希望并通过我们传递出来的价值观。多元是时代进步的标志，我们尊重不同的声音和价值理念，但是作为教育部和中央电视台联手举办的一项公益活动，我们要传递的是主流的、与时俱进又符合中华文明传统的价值观。

在2008年，我们通过《开学第一课》传递了抗震精神和奥运精神；2009年正值新中国60周年华诞，我们在象征着民族精神的长城，为孩子们播撒下爱的种子；2010年，我们告诉孩子们，一个拥有梦想的民族，一个不断仰望星空的民族，就是拥有未来的民族，人生的每一个阶段都需要梦想的指引、坚持和探索，而每个人的梦想汇集起来就可能成为国家的梦想、民族的梦想。

举办《开学第一课》三年来，我个人也有一个梦想，我梦想这项目光远大、朝气蓬勃的公益活动能够坚持举办十年，让它给这一代孩子的成长提供正面的、积极向上的力量，这就是《开学第一课》的意义所在。

我希望全社会的力量汇集起来，给孩子们一种价值观的教育，中央电视台愿意承担使命，连同教育部把这项公益活动做好。我们也欢迎全社会各界积极参与、支持，从出版、纸媒、网络、志愿行动、慈善事业等各个方面，加入到这个追逐共同梦想、打造恒久价值的公益活动中来。

由此，我亦十分高兴地看到《开学第一课》系列丛书的出版，我相信时代文艺出版社正是基于我们共同的理想，以出版的力量为孩子们的未来创造了更丰富的阅读食粮，为《开学第一课》的精神理念提供了更多样的传递方式。

中央电视台 许文广

目录

第五部分　爱未央

第七部分　丹顶鹤的悲歌

第六部分　星星眨着眼睛

第一部分

飞向远方的蒲公英

牵挂是爱，呵护是爱，放手亦是爱；

关心是爱，付出是爱，放手亦是爱；

奉献是爱，关注是爱，放手亦是爱……

爱，永远有无数种语言。

——万明远《飞向远方的蒲公英》

栀子安安

伊若辰

男孩篇

　　我叫安安，名字是外婆起的，因为她说我一出生便有一种不符合年龄的安静，但也有希望我一生平安的意思吧。我和外婆住在近郊一所不大却很温馨的房子里，房子外面的小院中种着一棵白色樱花树，一到夏天便满树繁花，一簇簇的洁白很是热闹，但我觉得那只是表象，因为它们在飘落时如雪一般寂静，烟花般落寞。

　　我不喜欢下雨，那深灰色天幕下的冰冷总是令我很绝望，但栀子很喜欢，她说雨可以带走一切污浊与喧嚣，只留下一个纯净的世界，所以我们总是一起在清晨的雨中漫步，细数落花。你问栀子是谁？她是我从小到大的玩伴，其实，不只是玩伴。

　　小时候的我不喜欢像其他男孩子那样"骑马打仗"，也不喜欢在清凉的溪水中摸鱼抓螃蟹，却喜欢坐在院子里那棵小小的樱花树下看书。但我从来不看童话——即使美好也都是骗人的，不是吗？想要得到什么就要自己去努力，这个世界，从来就没有奇迹。淘气的孩子们总喜欢搞些恶作剧，在我身上放只毛毛虫或是弄脏我的书。我从来都不生气，也不会叫外婆来帮忙，但那一次……

　　那一次她不知道从哪里跑出来挡在了我的前面，任那些孩子恐吓、叫嚣都不曾离开。不知是因为无趣还是她的执着，孩子们笑闹着跑开了。我打量着她粉粉的小脸和脏脏的公主裙，问："你不怕我吗？"她轻轻地笑了，花开般温柔。上帝，她是你派来的天使吧。那天我知道了，她叫栀子。

　　从那以后，我们一起走过了很多个春秋冬夏，在那条盛开着她最喜欢的栀子花的小路上，一起安静地吹着从翠绿的栀子叶中穿过的风，一起置身于弥漫着清香的花海，一起看书，一起发呆。

"你知道栀子的花语是什么吗？"

"是喜悦吧，可是这个名字一点也不适合你，走吧。"

我拉着她的手离开，未曾留意栀子在风中的低语。

生活如流水般平淡，却很温馨，我们会那样彼此依赖着走下去，直到我离开这个世界，不是吗？

一连几天的阴雨让我对刚露出脑袋的太阳很是珍惜，那金色的光柔柔的，像栀子的笑，明媚却不刺眼，生动而深刻。空气凉凉的，很清新。栀子站在院外安静地看着雪般洒落一地的樱花，皮肤如蝴蝶羽翼般透明，长长的黑发透着丝绸般的光泽，有些慵懒地垂下。

"绚烂而热闹，不是吗？"

"可是，也很落寞。"她望着落樱轻轻地说，黑玉般的眼睛像一汪湖水，平静无波澜。白色的衣裙没有樱的浪漫，没有白玉兰的高贵，却如栀子花般清丽温婉，淡淡的鹅黄中透着一丝莫名的忧伤。栀子，即使父母离开了你，我们还有彼此啊，虽然……

栀子花，请你，给她快乐。

生活如流水般平淡而温馨，偶尔，也会有意外。

那天睁开眼惊喜地发现窗台上的花瓶中多了一束栀子花，它们静静地开放，沾着夏日清晨的露水，折射着点点清辉，安静而美丽。我却从那天起，弄丢了栀子。她如雾般消散，我感觉不到她的气息。栀子，是不是每个人最后都会离开我呢？我哭了，未曾注意窗台上那束栀子花执着地绽放着，只为我。

栀子，不管你在哪里，请你，一定要快乐。

女孩篇

我叫栀子，就是安安提到的栀子。小时候的我不喜欢洋娃娃，不喜欢漂亮的衣裙，却爱极了那绿叶间小小的栀子花，晴天的，雨天的。它们从冬季开始孕育花苞，在近夏盛开。为这一次不经意的绽放，它们付出的，是整个冬天，然而在将清香弥漫天地的刹那，我相信它们是喜悦的，也是无悔的。

第一次遇见安安，是那个阳光明媚的午后。他安静地坐在树下看书，穿着干净的白色衬衣，黑色的头发如精灵般跃动着，樱花般的皮肤显出一丝病态的苍白。偶尔樱花飘落，他会小心地将它们展平当成书签，带着浅笑。阳光总是眷恋在他脸上，勾勒出美好、安静和落寞，像，童话。淘气的孩子们弄脏了他的书，可他一点也不生气，静静地看着他们。不知道为什么我冲上去挡在了他面前，赶走了那些淘气的孩子。他抬头看着我，眼光温润如玉，微笑如樱花般绚烂，却落寞。

从那天起，我们一起走过了很多个春秋冬夏，不曾离开。

我不喜欢夏日的太阳，太过热烈，灼烧着一切的美好，但安安很喜欢，他说那种温暖可以照亮心中所有的黑暗，可以让人安静地睡着。所以我们总是一起在午后的林中散步，看树影剪碎了满地金色的斑驳，听鸟儿悠闲地鸣唱，或者躺在草地上嗅着泥土特有的清香，看书，发呆。栀子从茂密的叶子中钻出，弱小却坚强。

"你知道栀子的花语是什么吗？"

"是喜悦吧，可是这个名字一点也不适合你呢，走吧。"

他拉着我的手微凉，我笑而不语，任银色的风吹乱我的头发，遮住我的忧伤。

安安不喜欢雨天，大概是因为在那个雨天父母一起丢下幼小的他去了天国吧。而他，也不知道会在哪个或晴或雨的日子里离去，离我而去。他小心翼翼地对我隐瞒着。越来越苍白的脸色却将一切秘密晒于太阳之下，多么残忍的阳光。一连几天的阴雨中，安安都坐在屋里望着窗外飘落的樱花，偶尔自言自语："总有一天，我也会像你们一样飘落吧。"我转身跑开，泪水止不住地流下。安安，我不会让你有事的，绝不！

一连几天的小雨过后，天空像是洗过似的格外清晰，我站在院外看着雪般洒落一地的樱花。

"绚烂而热闹，不是吗？"

“可是，也很落寞。”

我望着落樱默默许愿：请你们代替我陪伴着他，给他快乐。

从那天起，我在安安的世界消失了，雾一般的。可是，安安，你看到窗台上那束小小的栀子花了吗，那就是我啊，我用成为一只栀子花的代价换回你的健康，很值得的，不是吗？安安你知道吗，其实栀子花还有另一个花语，那就是“永恒的爱与约定”。现在栀子可以一直陪着你了，永远都不会离开。安安，请你代替栀子，幸福地生活下去。

樱花飘落，像，童话。

“你会后悔吗？”

“不，永远不会。”

（指导教师：冯广亮）

005

费斯博士的遭遇

曾馨丹

水晶国是一个隐藏在湖底的神秘国家，里面有很多智慧超群的艺术家、政治家和科学家。其中最有名的是费斯博士。

费斯博士拒绝了国王赠予他的所有荣誉，一心研究各种科学现象，除了工作，他没有任何爱好。他的妻子曾经是他的助手，但不幸的是在一次科学实验中牺牲了，只留下一个女儿费西和他相依为命。但是由于工作繁忙，他平时很少有时间陪女儿玩耍。

有一天，水晶国的国王在深夜突然召见费斯博士。只见皇宫里面所有的侍卫都荷枪实弹，戒备森严，国防部长还有其他几位高官都在焦急地等待着。国王用紧张的语气说："最近水晶国出现了一个神秘事件。有鱼看到在一个区域每天都不知从何方垂下来一个铁钩，上面有着精美的食物，如果谁贪吃上面的食物，铁钩就会把它钓走。从此后，他就会神秘失踪！"

费斯博士想了想，说："我最近在思考，除了水晶国以外，可能还有其他生命。因为实在有太多神秘的现象难以解释。"

费斯博士临危受命，马上召集他的得力干将们组织了一个"水外生命研究科学小组"，他们天天在一起废寝忘食，孜孜不倦地研究着。

这一天小费西来到实验室找到费斯博士，说："爸爸，今天学校组织春游，要去公园玩！其他的同学都有父母陪同，你也陪我去吧！"

费斯博士正在查阅资料，不耐烦地说："对不起孩子，我很忙，希望你能理解。"小费西已经习惯了爸爸的拒绝，只能伤心地走开了。

这天，费斯博士决定亲自去现场看看。果然老地方又出现了一个钩子，连着几乎透明的丝线，向上不知通向何方。钩子上有精美的食物，让人馋涎欲滴。费斯博士撞了撞那个钩子，钩子只是在水里面荡了荡，并没有消失。费斯博士顾不了那么多了，一口咬住钩子。只见那钩子猛地向上飞去，费斯博士感到嘴被刺穿了，钻心的疼。钩子以极快的速度带着他朝水面飞去，突然一道强光，四周出现了很多奇形怪状的东西，一个巨大的生物朝他逼近，天啊，这种生物居然没有鱼鳍，但是他们很敏捷，用力地抓住了他。费斯博士大叫着，昏了过去……

等费斯博士醒过来的时候，他发现自己在一个透明的玻璃缸里，就像一个微缩的水晶国。这时候，一个奇形怪状的生物来到他的面前，隔着玻璃说："真奇怪，你这条鱼怎么戴着眼镜啊？"

费斯博士稳住了神，说："因为我是水晶国的科学家，在我们那里，只有最有学问的人才可以戴眼镜。"

那个生物笑着说："是这样啊，水晶国是什么地方？"

"就是你捉我来的地方。"

那个生物吃惊地说："原来就是我家门口的池塘啊！"

费斯博士问他："你们这是什么地方啊？你又是什么生物？"

"我是人，你在我们这里叫鱼！"

晚上的时候，费斯博士自己静静地躺在床上，久久难以入睡，他第一次发现自己的无知。突然，他很怀念自己的女儿费西。女儿从小到大，自己几乎没有好好照顾过她。原来亲人之间的爱才是最重要的！但是现在自己恐怕是回不去了，他深深地自责着，陷入无限的懊悔中！

有一天那个捉他的小孩子说："谢谢你那么长时间的听我说话，生活里面几乎没有人愿意理我！"

费斯问道："你没有父母么？"

小孩子说："我的父母都是科学家，他们很忙，平时都是保姆照顾我。"

费斯听了，不禁想起了自己的孩子，也许她平时也是天天在家里很孤独。小孩问："你有孩子么？你一定是个好爸爸，因为你愿意听孩子讲话！"

费斯博士听了非常羞愧，红着脸说："其实我也是水晶国的科学家，我平时也忽略了孩子的感受！如果我能回去的话，我一定认真照顾她，一刻都不离开她！"小孩听后说："我可以把你放回去，但是你一定要答应我好好照顾她！"

费斯博士回来的新闻轰动了整个水晶国。国王为费斯博士举行了盛大的欢迎仪式，几乎所有的公民都出席了大会。

费斯博士对大家说："公民们，我今天才明白爱才是最有力量的物质。我被另外一种叫作人的生物抓走了，他们拥有我们不可想象的文明，他们的力量强大到一个孩子就可以摧毁我们整个国家！但是，他们同样缺乏爱！当我孤独的时候，我发现我的心灵深处在呼唤爱，而不是成果、荣誉。科学研究固然奇妙，我们任何的劳动也都是奇妙的，但是如果我们没有爱，即使我们拥有人类的文明，也是不幸福的！公民们，让我们从爱自己的亲人开始吧！"

从此以后，水晶国里面的警察和军队都消失了，到处都可以看到家庭聚会的欢乐场面！人们过上了幸福的生活！

（指导教师：赵家刚）

飞向远方的蒲公英

万明远

青山秀水之旁，有花田半亩。花田里长着一朵朵美丽的蒲公英。它们纤细的茎秆轻轻摇摆着，柔嫩的叶子微微舒展着。在这半亩花田里，蒲公英们快乐地生活着。

每到春天，蒲公英便变成了白色绣球状的花，结了种子。她便是这其中的一粒。等种子们慢慢长大，蒲公英妈妈便为孩子们撑起小伞，让它们随风飘走。终于有一天风伯伯来了，蒲公英妈妈对小小的她说："快，孩子，快去吧，去寻找你的新天地吧。"她哭道："不，妈妈，我不要离开你，我要永远和你生活在一起。"任凭她怎样哭闹，蒲公英妈妈还是将她送上了风的列车。蒙眬的泪眼中，妈妈的身影在她心里碎了满地。

离开了半亩花田，她随风漂泊到了北国的寒山之下，她便在这里生了根，发了芽。

干燥的寒风，龟裂的大地，离开了故园的她满载对妈妈的怨与大自然作起了斗争。每一次流泪，每一次受伤，都在她心里积累起对妈妈的不满和怨恨，她忘不了，是狠心的妈妈将她抛弃。渐渐的，她学会了怎样在干旱的土壤中积蓄水分，她学会了如何在风沙里保护自己，她一天天茁壮起来。终于，她也有了自己的孩子，她体会到了做母亲的快乐，她发誓无论如何也不会抛弃自己的孩子们。

又是风来的季节，她的孩子也到了该生根发芽的年纪。她顽固地拒绝了风的好意，让孩子们也在北国的寒山之下，同自己生活在一起。她本以为自己定是天下最称职的母亲，会把自己的孩子牢牢地抱在胸前，她甚至设想，让子子孙孙都生活在这里，这里也会有半亩花田。可是，风沙、干旱、寒冷，这一系列灾难性的打击，将她的幼嫩的孩子们连根拔起。是啊，从没经历过困难的蒲公英，又怎么会在这寒山下茁壮成长呢？

在悲痛中，她明白了母亲的良苦用心，在适者生存的自然界中，弱小的蒲公英只有在风的季节里让子孙飘扬到四面八方，才有生存下来的可能，才能使整个种族生存和延续下去。原来，母亲的残忍、母亲的抛弃，都是母亲深沉的爱呀。这对于每一株蒲公英来说都是残忍的，有哪个母亲不牵挂自己的孩子呢？但母亲为了孩子的未来，依然选择了这种放手的爱。牵挂是爱，呵护是爱，放手亦是爱；关心是爱，付出是爱，放手亦是爱；奉献是爱，关注是爱，放手亦是爱啊！

又是风到的季节，她像当初母亲对待自己那样为孩子们撑起了小伞，将它们送上了风的列车，纵是孩子的眼在流泪，她的心在滴血，她也没有挽留。她在心底默默地说："我的孩子，我不知道你会在寒冷的北国生根，还是在温暖的南方发芽，我无法再像以前那样呵护你们，照顾你们，我知道你们怨我、恨我，但我宁可你们怨我一时，也不愿你们抱憾一世。孩子，我永远爱你们……"

一对母女在寒山下漫步。忽然，她们看到了那株蒲公英，孩子问道："妈妈，为什么蒲公英都飞了呢？""因为它们要带着爱飞向远方啊。"那株蒲公英听到了，是啊，孩子们，妈妈对你们的爱是无法永远停留在你们身边的……

牵挂是爱，呵护是爱，放手亦是爱；

关心是爱，付出是爱，放手亦是爱；

奉献是爱，关注是爱，放手亦是爱……

爱，永远有无数种语言。

(指导教师：刘珂)

地球兄弟

职若婷

时间是公元3000年。

在遥远的外太空，一艘银灰色的宇宙飞船在缓慢飞行。飞船的外壳上写着三个潇洒的汉字：和平号。

"和平号"是地球上最先进的太空船，此次的任务是寻找外星人，但是飞船已经在太空飘了一个月了，毫无收获。

队长是一名中国人，叫郑龙。其他成员有美国人约翰，法国人路易，还有一个英国人露西，还有露西的宠物狗"旺财"，这个名字是队长起的。

路易忽然透过大屏幕发现前方有四个发光的物体迎面飞来，急忙喊道："队长，你看，好像有不明飞行物！"

就在大家惊奇的时候，忽然那四个发光的飞行物在相互靠拢，组合成了一个巨大的怪兽模样。怪兽的眼睛里射出来两道强烈的光，刺得飞船上的人眼睛都睁不开了。飞船似乎受到了一次重击，左右摇摆起来。情况非常紧急！

这时只见那个怪兽飞行物像鳄鱼一样缓缓张开了嘴，把"和平号"飞船整个吞了进去！大家眼前一黑，同时都感到头晕目眩，昏了过去……

也不知过了多长时间，他们在迷迷糊糊中感到了飞行器与地面撞击的震动，一定是着陆了。慢慢地，这个飞行物像一朵莲花一样渐渐打开。

"天啊！恐龙！你们看！"露西指着外面大叫，果然四周到处都是恐龙，但是都很温顺，它们似乎并不关注这些"天外来客"，在悠闲地散着步。天空上偶尔会飞过去一只翼龙，它那庞大的身躯呼啸而过，让这几个地球人震撼不已！

更令人吃惊的是，大家发现飞船四周围满了人类，长得和地球上的人几乎一模一样，只是他们的穿着打扮和地球人全然不同。

这时候走过来几个人，给他们每个人手腕上戴上了一块"手表"，顿时他们听懂了四周的声音的意义。原来这是一种语言翻译设备，他通过生物电波来传达人们的思想，所以可以让不同生物之间交流信息。

随着他们从飞船的悬梯上下来，下面的人群也都欢呼起来："天啊，它们也是俄斯星球的人吗？！跟我们长得一样！"

"太神奇了，妈妈，这就是外星人吗？"

"哇，狗兽！这不是一亿年前就灭绝的狗兽吗？"有人指着旺财大喊。

他们被带到了一个高大雄伟的建筑物里面。

露西突然惊叫了一声："快看地板！"

只见地面上镶满了钻石，璀璨的光芒快把露西炫晕了。

队长郑龙问："这里为什么镶满了钻石？"

随行人员说："这是地面防滑用的。"

露西惊叹："哇！不可思议！"

这时候他们来到了一位慈祥的老者面前。只听那个老者说："我是这个星球的球长，叫曼大。你们是来自地球的兄弟们吗？"

大家惊呆了，问："你怎么知道？"

老者说："其实我们都是人类。在很久以前，我们的地球是一个葫芦状的星球。可是一次意外的行星撞击，把我们撞开了。我们就是撞开后小的那部分。我们偏离了地球的轨道，越飘越远，最后，我们彼此分割。我们都是地球。我们上面的资源都一样，包括物种都曾经是一样的！但是我们更文明，因为在两千年前，我们的地球就以和平的力量统一成一个国家。而你们却一直有战争，彼此杀戮！其实我们观察你们已经很久了，之所以你们发现不了外星人，就是因为我们长得一样，我们可以随时潜入你们中间！"

他们在曼大的带领下，参观了这个国家的历史博物馆，了解了这里的风土人情，还品尝了这里的美食。他们了解到地球上发生的很多未解之谜其实都是这个星球的人制造的。

最后，球长曼大送了他们一架超级宇宙飞船"白鸽号"，还有一些地球上已经灭绝的动物，希望他们去地球传达和平的信息！

郑龙拉着曼大的手说："我们该怎么感谢你呢？"

这时候曼大有点不好意思地说："我们希望你把那条'狗兽'留下，因为小朋友们很喜欢它！"

露西说："没问题，因为它已经爱上了这里的美食！你说呢，旺财？"

旺财"汪汪"叫了两声，意思是：同意！

曼大说："露西小姐好像很喜欢我们这里铺地板的石子，我们已经在飞船上装了一吨，让她用来铺地板吧！"

露西跳起来欢呼："太好了，谢谢您！"

"白鸽号"向地球的方向飞去，和平的心愿也飞向了地球……

（指导教师：赵家刚）

旅行的兔子

杨泽众

他是一只爱旅行的兔子，喜爱背着背包独自上路。沿途他会交到一些好朋友，但他并不会为了谁停下自己前进的脚步，尽管他也不知道自己要到什么地方，走到哪里才会停下。他，只想就这样一直走下去……

当他遇到狐狸的时候，狐狸正在河边安静地看鱼，他从未见过这样安静有趣的狐狸。"我喜欢他，我要是能和他做朋友就好了。"兔子低着头在心里默默地想着……就在这时，一只手伸了过来。狐狸站在他的面前，友好地说："我们做个朋友吧！"

就这样，他们一起上了路。有了狐狸的陪伴，旅行变得不再孤独。他们早晨起来一起采集露水喝；一起爬到山顶用手去抓那些抓不到的云彩；一起在湖边漫步，把湖中倒映的另一个世界搅乱……等到玩累了便相拥在一起，把阳光当作被子好好睡上一觉；饿了就一起找东西吃，兔子爱上了坚果，狐狸也爱上了萝卜。到了晚上，他们就躺在星空下，兔子给狐狸讲自己的故事。狐狸只是静静地聆听，从不打断，也从不说起自己的事。兔子并不在意这些，他想："要是这样的生活能一直继续下去就好了……"

当秋天来临时，他们之间有了第一次争执。狐狸想停下来，收集点食物，等到冬天过去再起程，而兔子却想加快脚步到更温暖的南方去，因为他受不了寒冷的冬天。兔子也第一次看到了他与狐狸之间的差异，狐狸喜欢安稳的生活而兔子更喜欢改变和冒险。可是他太珍惜狐狸这个朋友了，以至于决定为他停下自己的脚步。就这样，他们一起收集果实一起挖洞。

冬天来临了，兔子第一次看到雪，那是一种漂亮的纯白的纷飞的花，可是它太过脆弱了，不能触摸，落在掌心的一刹那便会化成水，还会带来一阵寒意，那寒冷直逼心底，令他浑身颤抖。他钻进洞还是全身冰冷，他心想着："我一定不要再见到这冬天了……"心细的狐狸依偎在兔子身边给他温暖，那温度虽然不能令身体舒适，但是却令兔子心里暖暖的。慢慢地，他们睡着了……

再次醒来的时候，冰雪已经消融了。小草也迫不及待地钻了出来。兔子和狐狸从洞里爬了出来，开始了新的旅行。可外面的世界让兔子感到陌生与恐慌。初春的风依旧寒冷，大地上除了小小的草，什么也没有……兔子不喜欢这一切。看着身边依旧安静的狐狸，他感到一丝陌生……他第一次认真地思考着自己和狐狸的不同：

自己很开朗，很活泼；而狐狸却很安静，很沉稳；

自己喜欢仰着脸，哼着歌，跳着上路；而狐狸喜欢仔细地看着自己脚下的路；

自己看见喜欢的东西会把它做成标本带在身边；而狐狸看见喜欢的东西只会站在一旁安静地看，微笑着；

自己喜欢把快乐或者悲伤全部表现出来；而狐狸永远都是冷冷的表情，令他摸不透……

过冬之后的狐狸变得更安静了，有时候，一路上他们不会说一句话。兔子一直告诉自己，要包容，要忍耐，因为他们要做最好的朋友……可就是这种失望与希望、伤心与快乐的交替，让兔子变得更加敏感。也因此筋疲力尽，但是他一直告诉自己要坚持下去……

终于有一天，兔子睡醒时发现狐狸不见了，他着急地四处寻找着狐狸，他害怕因此而失去了狐狸。但是当他到了湖边，看见狐狸正和一只小老鼠蹲在河边一边看着鱼儿，一边谈心——他看到了不一样的狐狸，狐狸的表情很自在，很轻松。他们应该更有话题，他们应该结伴同行……兔子心里想着。

于是他背上了背包，独自起程。向着与小河相反的方向走去……

（指导教师：陈维佳）

阿狸的杏奶香酥饼

牛子涵

　　"嗨哟！嗨哟！"伴随着一阵阵有节奏的气喘声，森林里最高的一棵杏树下，黄澄澄的熟透了的杏儿争先恐后地掉了下来。阿狸看着这一阵杏雨心里满意极了，"嗖"的一声就从树上跳了下来。拾了满满一篮子杏儿，想到妈妈一会儿就会给自己做香喷喷的杏奶香酥饼，阿狸忍不住流下了口水，恨不得赶快飞回家，虽然山狸并不会飞。没错，阿狸是一只可爱的小山狸，他有一身滚金色的皮毛，在阳光下闪着耀眼的光泽，肥嘟嘟的样子十分招人喜欢。

　　"阿狸哟，回来喽，阿狸哟，……"一定又是妈妈在叫阿狸了，只有妈妈才会隔着几座大山，唱歌一样拖着长长的腔调叫阿狸回家。"就回喽……"阿狸动作迅速地，一边翻山，一边用尖尖的腔调回应妈妈。翻过一座山，再穿过一片草地，阿狸来到了坐落在橡树上的小木屋前，果不其然，妈妈正在门外焦急地等候。"怎么才回来啊，下次不准这么晚了，当心山神奶奶把你抓走，记得了？"妈妈一面接过篮子，一面叮嘱。"知道了，妈妈，我要吃杏奶香酥饼。""好！""要放好多豆子！""好！""要很甜很甜！""好！""我要……"在一问一答中，妈妈和阿狸开始做杏奶香酥饼了。

　　妈妈支起一口大锅，把刚刚融化的小溪水倒进去。不一会儿，锅里面就升起了一层浓浓的白雾，带着冬天里雪花的甘甜。妈妈抱着阿狸坐在锅边，看着雾气里的北极熊一家在向他们打招呼。熊宝宝圆滚滚的像一个大皮球，笨拙的样子逗得阿狸咯咯直笑。北极熊一家邀请阿狸来家里做客。白雾一点点变淡，北极熊一家的声音也慢慢散去，直到最后一缕白雾散去。

　　妈妈眼疾手快地把阿狸在春天采到的花心一股脑地倒进了锅里，这次，锅里面立刻就升起了一团散发着珍珠光泽的螺旋雾气。阿狸深吸了一口气，

"嗯，好香！""是呀，真的好香。"妈妈眼也不眨，痴迷地盯着散发着花香的白雾，喃喃自语道："啊！这是薰衣草香，我小时候的房间里都是这种味道！啊！这是银月湖旁的玉兰香，我每年都要去摘好多送给姆妈，这是……"妈妈的声音渐渐地低了下去。妈妈陷入了回忆之中，在她很小的时候，她也像阿狸一样每天都会跑好远去采摘新鲜的花草，晚上姆妈会熬上一锅浓浓的香汤，阿爸会抱着她，一家人坐在锅前品着美味，满世界弥漫的都是幸福的味道。直到那一天到来。像往常一样，回家后，她却发现阿爸和姆妈都不在家，她站在门口等啊等，从太阳初升等到月亮落下，也没有等来阿爸和姆妈，却等来了百灵鸟——"森林里的百事通"。百灵鸟给她带来的是灾难性的消息：她的阿爸和姆妈被猎人抓走了。她从此成了孤儿，过起了流浪生活。每天都在承受风吹日晒，还要躲避天敌们的追捕，跳开猎人们的陷阱。她每分每秒都要保持警惕，不能放松哪怕一会儿。在没有食物的冬天，日子尤为难熬，常常是饥一顿饱一顿。很快，她一身光亮的毛就变成了暗黄色，失去了往日的光泽。直到后来的后来，有了丈夫，又生了阿狸，她才算有了一个家，她曾对着阿狸暗暗发誓，一定要给阿狸最幸福的生活，自己尝尽的苦难，她一丁点也不会让阿狸承受，她要阿狸的世界里永远只有爱。

"妈妈，妈妈，你怎么哭了？"阿狸忽然发现妈妈明亮的眼睛蒙上了一层雾气，连忙去推妈妈。妈妈仿佛一下子被惊醒，"没有，没事。"妈妈感到自己流泪了，一边用手擦泪水，一边冲阿狸微笑，"妈妈只是想起了小时候，妈妈的家很香，你外婆会做许多好吃的，可是，妈妈已经没有家了。唉！"妈妈讲到这儿，脸上的笑容隐去了，重重地叹了口气，"你还不懂什么是想家哩，等你有一天离开了家乡，离开了妈妈独自生活时，你就会明白这世界上最好的地方在哪里了，也就知道妈妈为什么会哭了。""可是妈妈，我还是不明白啊。"阿狸一脸疑惑地看着妈妈，妈妈只是笑着摸了摸阿狸的头，并不回答。

锅里的花瓣已经开始翻滚了，妈妈一点点地把森林里的灵香草放进去，水面开始咕噜咕噜泛起小泡泡，灵香草的草木香一点点扩散开来，整间小木屋置于盛夏的凉意和沁人心脾的清香中。

锅里的泡泡越冒越大，这次，不等妈妈动手，阿狸就开始把一粒粒光滑饱满的红豆放入锅中，再放上一大勺糖浆，红豆裹着糖浆，散发着诱人的气息，阿狸的脸禁不住被这甜蜜染红了。"当当当……"有人敲门。门外站的是阿玥。阿玥是阿狸的好朋友。"阿狸，我做了你最爱吃的杏奶香酥饼，我们一起吃吧。"阿玥打开手中的篮子，里面整整齐齐的摆放着软滑甜香的酥饼。"是阿玥吧，快来，我们正巧在煮汤，准备做酥饼呢，我们一块儿享用这美味吧。"妈妈看着漂亮温驯的阿玥和满脸通红的阿狸，热情地招呼着。

这红豆，阿狸煮的刚刚好。

小木屋外一片漆黑宁静。屋里，传来阵阵芳香和笑声。

(指导教师：赵雪)

心中的绿意

周正雍

傍晚时分，孩子们在花园里追逐奔跑，大人们三五成群，倚在躺椅上望着天际还未褪去的残红，谈天说地。一抹眼间，东边的月亮也露出头来，将清辉罩在花园上。各样的植物都将自己的影子投在土地上，如同一幅绝妙的水墨画。蟋蟀在灌木丛间跳跃，间或哼唱着自谱的曲子。

立夏了，所有的生命都步入了繁盛的夏季，挥霍着自然赋予的生机。可是一道篱笆墙锁住了这满园的绿意。篱笆墙从诞生之日，就过着乏味而孤独的生活。

篱笆墙里面，有一株傲气十足的望天树，几十米的树干直刺天空，就连树的一支丫杈，一条纹路都向上指着，虽然那样很累，但要保持所谓的"昂扬的斗志"，自然注意不到身旁低矮的篱笆墙。而这个季节的牡丹终日忙着同月季争艳，也懒得同灰灰的篱笆墙说话。看上去柔柔弱弱的爬墙虎紧贴在墙上。就连矮矮的青草，也抱怨篱笆墙挡住了它们向外延伸的道路。这一片绿色，对于篱笆墙或轻视或恼怒，全忘了正是篱笆墙为它们挡住了外来的入侵。

篱笆墙终日围困在孤独中，这孤独的痛苦使生命变得漫长，漫长得转瞬即逝。

孤独中，篱笆墙的心渐渐灰暗。

不知哪夜，一只蓝色追风鸟逐风而去时，夹在它翅膀中的一粒种子掉落下来，落在篱笆墙的身旁。

又不知过了多少个日夜，又是一个立夏，一株绿苗破土而出。

篱笆墙第一次见到这碎石间顽强生长的一抹绿时，纯洁、清新……一切美好的词语都涌入它的脑海。那抹绿挥动着它的两片嫩叶向他招手，篱笆墙开心地笑了，多少年来第一次感到了快乐。

在花园的边缘，篱笆墙与一株绿苗成了朋友。

它们多数时间仅仅选择沉默，一同望着湛蓝的天空，天边的浮云变幻着不同的形态。清风拂过，送来丝丝清凉。有时候，灵魂的沟通并不需要太多话语，一个眼神、一丝笑意足以表达一切。阴雨多风之日，篱笆墙便用它并不宽大的臂膀为那抹绿遮风挡寒，晴日里，绿苗便舒展枝叶，为灰突突的篱笆墙做一丝点缀。

"你为什么愿意和我做朋友？"一日，篱笆墙心血来潮，突然问道。

"因为你活得灿烂。"那抹绿望着晴空，用她蓝天般的心答道。

一切又归于寂静，篱笆墙与绿苗，同望着天空，不语。

"那你又为什么愿意同我这棵弱小的绿苗做朋友呢？"那抹绿又突然问。

"因为你是绿色的。"

"那其他的植物呢？"

"他们为各式各样与生命南辕北辙的目的活着，结果却是给自己找到一个又一个的面具。终日生活在面具下，他们便也分不清哪一个究竟是真实的自我，而哪一个又是假面。迷失了自我，自然不会有那么纯洁的绿了。"

这样过了一日又一日，而幸福与快乐总是短暂的。

一日，一个孩子在街上散步，看到了篱笆墙下的那抹绿。那柔弱的茎，小小的叶子，让孩子顿生怜悯之心。孩子小心地把那抹绿捧起，然后飞奔回家，去寻一个花盆和些许土壤，任那抹绿在他桌边生长，做他的朋友。

事发突然，篱笆墙还没来得及同他的朋友道别，就重蹈孤独。

又逢一年立夏，生机又来到这片花园。绿叶红花，清风艳阳。

篱笆墙并未欣赏满园的绿意，他望着天边一朵叶子一样的白云发呆。他忆起了那抹绿的灿烂的生命，她染绿了他的心，虽然只有一瞬，那一瞬也同样地久天长。

蓦然，他想起了小主人曾吟起的一首诗：

> 世界上最远的距离，
>
> 是飞鸟和鱼的距离。

一个，翱翔在空中，

而另一个，

却深藏在海底。

他与那抹绿，或许上辈子就是这相爱的飞鸟和鱼吧。

"立夏了，"篱笆墙喃喃道，"又进入了绿叶盎然的夏季了，可是我心中的绿意在哪里呢？"

(指导教师：张军)

第一部分 飞向远方的蒲公英

第二部分

灰蝴蝶的舞蹈

时间带走了童年的岁月，昔日的一切已经破碎，那些我真真切切走过的日子，却被封存在曾经的美好里，化作永恒的怀恋。

——刘杉《带走岁月，留下怀恋》

灰蝴蝶的舞蹈

汪　晖

　　学校一个小角落里，只有我一个人，我的心像被撕碎了一般。脑海里一遍又一遍地出现那令人痛心的一幕。

　　今天下午，我穿着短袖走进了教室，屁股还未把椅子坐热，好友就凑了上来，指着我的胳膊，大呼小叫："哇，汪晖的汗毛好多啊！"话音刚落，旁边的男生也把脑袋伸了过来，附和道："是啊，又密又长，多像茂密的草原啊！"他们这一唱一和，让周围几个同学都注意到我胳膊上的汗毛了。我感到脸上火辣辣的，低下头，不自觉地在纸上胡乱地画着圈儿。我几乎不敢抬头，害怕看见同学嘲笑的目光。但是余光还是看见旁边两个同学对我的胳膊指指点点，我忍不住带着满脸泪水冲出了教室……

　　我躲到了校园的小角落里，默默地哭泣，自卑感充溢了我的心。我抱怨，我哭泣，我问我自己，难道我天生就是一只丑小鸭吗？不！不！不……

　　泪水中，隐隐约约地看到一个灰色的小点在飞动，我停止了哭泣。原来是一只蝴蝶，或许用蝴蝶这个美丽的词来形容它，太不准确了。因为它太丑了：灰色的双翼上隐约有一些白色的细丝，腹部泛着不起眼的青绿色。它是丑陋的化身，不会引起人们的注意，它几乎不能叫蝶。但是它却很活跃，扑扇着双翅飞上飞下。出乎我意料的是，它居然停在一朵比它漂亮千万倍的花朵上。我睁大眼睛，紧紧盯在它的身上，那花瓣天鹅绒似的柔嫩，黄色的花蕊像是金丝扎在一起，绿叶将花映衬得更加娇艳。红花如此艳丽，灰蝶如此难看，是什么让它竟有如此大的勇气？是信念，是自信，是乐观和那份快乐。我猛然醒悟，灰蝶都有属于自己的花朵，自己的春天，而我呢？在这个角落里浪费光阴，让自己伤心。是的，应该挺起胸膛，不必在乎别人的看法，应乐观地去看这个世界。我要像那灰蝶一样，潇洒地在世人眼前舞蹈，用自己内心的美去拥抱生活。

　　我满是自信地走向教室。回头时，那灰蝶展开双翅，朝着太阳飞去，好美，好美……

（指导教师：王玲）

大手握小手

范子昭

虽然已是春天，可北风依然尖锐，它时不时调皮地撩起人们的衣角，挑逗着他们的极限。路人行色匆匆，仿佛一刻也不想停留。

我和奶奶站在这条川流不息的马路边上，等着对面的绿灯亮起。路两旁的垂柳，一丝生机也没有，干枯的枝条在北风的操纵下疯狂的左右摇摆。阴沉的天空中连一只鸟儿的影子也没有。

"都已经二月了，怎么还这么冷啊……"我用双手捂了捂冰凉的脸颊，使劲跺了跺脚。"圆儿，绿灯亮了，过马路了。"沉思间，身旁的奶奶一把抓住我的左手，冰凉的手一下子有了暖意。许是奶奶感觉到了我的寒冷，也许是因为车辆越来越多，虽然过了十字路口，奶奶仍然没有松手，反而越抓越紧。温暖的感觉顺着指尖，传到我身上，一直流到我的心里。

小时候，奶奶也是这样紧紧地抓着我的手过马路的。那时候，我的手好小好小，奶奶的手很大很大，大到足以包住我的手。而现在呢，我的手变得好大好大，奶奶的手变得很小很小，虽然她极力想整个握住我的手，却再也做不到了。我长大了，奶奶却老了。岁月这把无情的刻刀在奶奶的脸上刻下了一道道深深的皱纹，时间的流转让奶奶高大的身躯变得瘦小，唯一不变的，就是奶奶对我的爱。

吃年夜饭时，奶奶总是偷偷将几个包有花生米的饺子放在我碗中，听着我惊喜地喊着"我吃到花生米了，明年我要交好运了"，奶奶比我还高兴，边笑边不停地说："我们圆儿最有福气了，明年在班里一定能考第一呢！"

一直到现在，我一到奶奶家，就直奔那个诱人的小抽屉，里面是奶奶为我准备的零食，有时是一袋葡萄干，有时是几块蛋糕，要不然就是几盒奶。奶奶很节俭，自己什么都不舍得买，唯独在这件事上非常慷慨，十几年从未间断过……

如今，我长大了，应该照顾奶奶了，怎么能让奶奶再照顾我呢？想到此，我转过去紧紧握住奶奶的左手说："奶奶，你走里面，你的孙女长大了，应该让我照顾你了。""好，好。"奶奶笑得合不拢嘴。

　　太阳不知何时露出了笑脸，路边的垂柳也似乎有了一丝绿意，"吹面不寒杨柳风"，是啊，无论风有多大，只要心中有爱，就永远不会感到寒冷。

（指导教师：赵娟）

第二部分　灰蝴蝶的舞蹈

读懂了离别

肖 钰

"人有悲欢离合，月有阴晴圆缺……"

的确，离别，是每个人都要面对的事情。人生自古伤离别，也许，离别总是与悲伤、愁苦、惆怅相伴吧！其实，离别更是一种美丽，只有经历了离别，才能真正体味到它的滋味。

且不用说经历了沧桑岁月的人类，就是正处在人生花季的我们这一群少年也都已经熟悉了"离别"之情，多次的离别让我们一次次地成长。这不，还有几个月的时间，我就要初中毕业了，就在毕业那天，我将会与他们分别。一个完完整整的班级将会被分割得支离破碎。只待最后一堂课的下课铃声响起，每个人都将背起自己的行囊，沿着自己的路离开，继续自己的行程。我常在想：人如果能永远长不大，永远停留在自己想停留的地方，那该多好啊！

回忆这些美好的往事，我突然明白离别也是一个美丽的转折点，往日的一切都已经无法重来，但是从此以后，寂寞的长路上，我可以随时想起他们，那些美丽可以让我尽情怀念。

是的，我愿意记住每一张灿烂如花的笑脸，还有那些我们一起奋斗、一起奔跑的日子，让我越来越感觉到离别的美丽，平日里我们觉得平平凡凡的小事，将会因离别而释放着动人的光晕；平日里被忽略的细节，每一句话，每一个动作，都会因离别而再次咀嚼出更新的滋味！于是，我会知道：我长大了！

离别，既然能让我们收藏那些应该珍惜的，找回那些被轻易抛掉的，那么我们何不微笑着面对离别呢？就让离别串起那些有苦有乐、激情满怀的生活吧！

（指导老师：孙蕾）

宝贵的巴掌

何子薇

岁月流逝，孩童时代的日历早已悄悄泛黄，只有伴随着我成长的父亲的那双手依旧粗糙，依旧生有老茧，依旧给我无限的温暖。

那年冬天，我五岁，母亲出了差，家里只有我和父亲两个人。父亲每天早出晚归，甚是辛苦。那天上午，天上飘下了不多的雪花，下午便停了，虽然有些失望，但仍很兴奋。毕竟雪还是冬天最值得期待的。

外面忽然变得喧闹起来，出门一瞧，原来是小伙伴们的嬉戏声。哇！满眼都是纯净的雪世界，清新的气息给我带来无比的喜悦。眼前，小伙伴们早就将平坦的雪路打闹得有深有浅，纯白的冬梦也被孩子们演绎得有声有色。伙伴们唤着我的名字，我便高兴地冲出门，沿着小河上没有护栏的狭窄的小桥跑了过去，和他们一起打雪仗，盖堡垒，砸雪人。快乐的时间总是那么短暂，不一会儿，天就渐渐暗了下来，伙伴们一个个迎着父母的呼唤声，和我道别，不情愿地回了家。只剩下我和小伙伴乐乐还在尽兴地比赛着，从极窄的桥边沿通过小河，比谁最快。第一次，都挺紧张的，但来来回回几个回合后，我俩好像很有经验似的，放开胆子，开始跑着过桥。这时天更暗了，谁都没有注意到桥下的一尺便是那似冻非冻的小河，谁也没有感受到我们脚下很滑的雪。我很快很稳地走了一半，正想加快脚步时，忽然，鞋底向前一滑，心头一惊，还没来得及喊一声，头已向后栽去，磕在了桥边沿上，随之一阵疼痛后，我便被冰冷的水淹没，没了知觉。

醒来后，四下打量一番，我正躺在一张床上，屋子里很安静，满眼的洁白色调和淡淡的药水味让我有些眩晕。我坐起身，小声地问父亲："爸，这儿是哪儿啊？"父亲就像突然被点了导火索的炸药一样，猛地扭过身狠狠地打了我一巴掌，咆哮着："你可知那桥上多危险，你还敢在上面瞎跑！"父亲又挥起手臂，嘴唇颤了颤，这次生有老茧的手僵硬在空中，叹了口气，又放了下来，扭过头，背着我。对父亲突如其来的愤怒，年幼的我深感委屈，但我没有哭闹，因为我知道，我错了。我一动不动，只是低着头，在心里默默地流着泪。不经意间，我一回头，竟看到父亲在抹泪。

医生进来，看我醒了，笑了笑。见医生进来，父亲连忙起身，和医生谈了什么，就出去了。一会儿父亲回来了，便告诉我该走了。我看着他认真地拿起我的外衣，给我套上，费力地扣着扣子，直至最后一个。父亲伸了伸手，嘴角不自觉地弯了弯，示意我拉他的手下床。我平时最不喜欢父亲的手，不知干了些什么，粗糙得很，每次都把我的手腕拽得又红又疼。见我迟疑，父亲好像想起了什么，放下了手，收回了笑容，转身向外走。看着父亲的背影，我连忙跟过去，叫住了他，轻轻拉起他给我无限温暖的生有老茧的粗糙的手，一起走出医院。

岁月流逝，我如今已上了初中，每日与父亲在一起的时间也是越来越少，但每当我犯错时，我都不禁会想起那最美、最可宝贵的一巴掌！

（指导教师：李娟）

030

遥远的记忆

韩 笑

记忆像褪色的照片一样老去，重新上了色，却依然感觉旧。

记忆中的一切都是那么的遥远，我伸手想去触及我童年的记忆，但我摸到的只是空气。

记忆中，世界上没有出现过战争，和平的鸽子飞满蓝天。硝烟与战火，已不再使人们产生恐惧，也没有人知道它的真正含义，那一双双大眼睛里写满了欢快、骄傲与幸福，全世界的人们在同一片蓝天下尽情狂欢，畅饮着啤酒，歌颂着生活。没有一个人生活在阴影中。太阳将阳光洒在大地的每一个角落。但为什么我一睁开眼睛这一切又不存在了呢？

记忆中，翠绿的植物蔓延在我的脚下，我总是小心地踮着脚轻轻地跨过这些幼小的生灵。淡紫色的曼陀罗、白色的百合、淡红色的蔷薇都为这地球增添了炫目的色彩，清淡中又不失典雅，乖巧中又透着张扬，宁静中又奔放着喜悦。仿佛连人们的眸子里也都是醉人的毋忘我草的颜色。我喜欢在孤单时趴在老树枝上，听他讲古老的故事；我喜欢在悲伤时躺在小草身旁，感悟生命的诠释；我喜欢在欢快时，与溪流一起分享。但为什么我一睁开眼睛脚下却踩着沙漠？

记忆中，我拥有过生命的珍宝——友谊。在幼小的心灵中，那仅存的对朋友的理解，让我们紧紧地联系在了一起。只认为有福同享、有难同当就是最崇高的友谊。我们也会把小小的手伸出来，发下"海枯石烂，友谊不变"的誓言。虽然是稚嫩的，但却充满了我们对彼此的希望与关怀。也许大人们不相信天长地久，而我们则坚信真挚最终能换来永恒。当我们用真心去看待这个世界时，世界也会向我们投来幸福的一瞥。我们携手努力，虽然生命的路上出现了种种磨难，但我们却互相搀扶着走了过来。但为什么我一睁眼，周围的人都披上了虚伪的外衣？

记忆中，童年的我拥有着美丽而又多彩的梦，梦想抱着一只蓝海豚，飘扬在大海上；梦想牵着一颗小星星，去寻找回家的路；梦想飞向天空，去追寻焰火的尾巴；梦想到一个樱花终年不谢的花园，梦想到一个不会梦醒的梦境……让我快些长大吧，只有这样，我才能实现那些荒唐的梦想。但是为什么我一睁开眼睛，儿时的梦想却只能在梦中实现了呢？

遥远的记忆，是多么的美丽，那些记忆中的画面又能在什么时候再次回到我的眼前？

（指导教师：李明钦）

我们都一样

高之凡

"谁在最需要的时候轻轻拍着我的肩膀，谁在最快乐的时候愿意和我分享……"轻悠的音乐渗入心灵，记忆的碎片就如花瓣悄然落下。

下课铃早已响彻整个教学楼，我却不想将自己从椅子上挪开，手指叩击着桌面，发出闷闷的响声，就如我郁闷的心情。此时的天空，被乌云笼罩着，本属于我的那道阳光被活生生地掩盖了。

屡次考试失败的打击，让我就连抬起头都觉得那么沉重。我与周围的嬉笑声格格不入，我的心在无声无息中上了一道枷锁，我把自己囚禁在这个封闭的世界里，仿佛周围的一切都是鄙薄、嘲笑和轻视。多希望能有人安慰我啊！哪怕只是短短的几句问候呢？我的心散得像沙。无意间我瞟向卷纸，红色的字迹镌刻在那惨白的卷纸上，在微微的灯光下，显得那么刺眼。同学们早已离去，只剩下我一个人在这空荡荡的教室里唉声叹气。不知何时，外面已大雨倾盆，感觉自己就像一片落叶，迎着阵阵狂风，绝望地打着旋，然后，无可奈何地缓缓落地，接受着大雨的洗礼。

一个人的手悄悄地拍了拍我的肩，如此地轻，夹杂着温柔，为我注入一股神奇的力量。我惊异地回头，看见我的好友班长，正在向我微笑，她笑得那么甜，或许不知道我是一个被淘汰的失败者吧？"和你一样考得不好，比你还不好。"她说完展开了一个笑脸，微笑的脸庞有着好比成功者一般的开心。我的眉头轻皱，望向她的脸，她依然很坦然，她的表情画出了由内而外焕发的乐观与自信，看着她饶有兴致地注视狂风暴雨的肆虐，我轻轻摇头。她又说："你看，天阴了，总有晴的时候；花谢了，总有再开的时候；失败了，总有再成功的时候。也许你的成绩并不理想，可是它也是我们努力向前的动力，不是吗？"

窗外的雨偷听着我们的谈话。它们相互配合着，奏出我内心的交响曲，我不禁问："可是因为考试，朋友们都疏远我了。""还有我啊！"班长不假思索地回答，猛然间，我的内心像被什么东西撞了一下，豁然开朗。友情就好比是雪天中的热茶，它为我送来温暖，帮助一个失败者走出了阴霾与昏暗，它无处不在。天晴了，月亮悄悄地爬上来，走在回家的路上，我的双脚吧唧吧唧地踩着水坑，一路轻盈。

第二天早上，我被第一缕晨光叫醒，我的心情一如阳光般灿烂。我相信我和你一样勇敢，勇敢地挑战，挑战出一腔比火山更热烈的英勇；我和你一样坚强，坚强地飞翔，飞翔在一片比天堂更美丽的地方！从前的日子那么长，有你一直陪伴在我身边，我一点都不孤单。因为友谊陪伴我成长，相信我们都一样，要永远为自己鼓掌。

（指导教师：孙桂连）

带走岁月，留下怀恋

刘 杉

　　小街曲曲折折的，从巷头向巷尾瞧去望不到底，也看不到天。那里歪歪斜斜地长了太多的树，树叶一年四季都密着，青着，沧桑着，伴着这些旺得放肆的植物一直走，到抬头能望见天空的地方就是我的家。

　　我家在一个普通的小区里，一共就三幢楼，最高的楼有六层。它们相互依偎着，中心构成一个带角的庭院。每幢房身上是没有亮丽的彩瓷的，也没什么用来遮丑的颜料，就是最原始最本质的砖红色。尽管如此，我却从不嫌恶它。每年夏季，这里都会下好些雨，太阳出来不久，砖红色的墙上就羞羞地露出些浅淡的绿色叶片，再过些时日，爬山虎就满墙都是了。那时的水泥墙是赤青色的，那生机勃勃的稚嫩的绿，庇护了我曾经幼稚且放肆的童年。

　　第一缕阳光照过来的时候，天是混沌的亮灰色，像是用得老旧的蚊帐裹着一盏灯，灰是灰了点，却依然明亮。那片片绿色从一夜的梦乡中醒来，簇拥着，欢呼着，雀跃着，开始新一天的生活，它们沐浴在阳光里，抬起小小的脑袋，怯怯地笑着。这时，我穿着被洗得泛白的连衣裙，对着楼上叫唤几声，邀上几个伙伴，在夏日清晨这般好的空气里，跳起了橡皮筋。忆起来，是那样的纯净、祥和与安宁。

　　中午自然是炎热的。吃罢饭后，老人和小孩哪也不去，歇坐在大门口向阴的茶室下，闲聊着四处的趣事，或是围坐在桌边，放上几盏茶，下下棋，玩玩牌。我自然是耐不住寂寞，用不知从哪拾来的圆叶，拨弄着爬山虎青叶上还未蒸发的晨露，看着又圆又肥的水珠嘟噜噜地顺着绿叶滚下来，心中竟是一阵窃喜。那时接住的是满满一叶的水珠，明澈透亮，散发着清冽的略带苦涩的清香。有些倦了，便抛下手中的叶，依偎在奶奶的怀里，用芭比娃娃小小地调皮一番，再乖巧地睡去。

　　院子里的小伙伴如夏蝉一般的聒噪，整天叫嚷着，飞跑着，偶尔停下，就在草堆里拾几根竹签，呼朋唤友地在杂草丛生的泥地上四处翻动着乱石厚土。有时找出些小洞，就说是鼠或蛇的窝，要塞了才好，于是大家就蹲下来，把小小的身子蜷缩成一个球，用竹签刨土。好些没蹲稳的，就向前扑下去了，啃了口泥巴的嘴还咧着笑着，泥土是怎样的芬芳呢？上面有妈妈的味道吗？

闹腾到夜深，坐在一旁的老人挥舞着手中的蒲扇，驱赶着蚊虫，又为汗流浃背的乖孙子扇着风。"回去吧，明天再来，听话，回去吧，洗洗该睡了……"在这样的呢喃中，脏兮兮的小手被布满老茧的大手牵着，慢悠悠地归了家。

以为，这样平凡却诗意的生活，会一天天、一月月、一年年为我驻留。可是，那个小女孩长大了，布满爬山虎的墙上刷着一个鲜红的"拆"字，推土机轰鸣着，碾出了一片尘埃，那些爬山虎，那些闪着泪光却依然欢笑的日子，被深深淹没在无数的尘土下。

时间带走了童年的岁月，昔日的一切已经破碎，那些我真真切切走过的日子，却被封存在曾经的美好里，化作永恒的怀恋。

（指导教师：孙会媛）

第三部分

给自己一片阳光

微风起了。那片片绿叶在风中奏出一支快乐的交响。雨，还远在天涯；叶，自有它生存的处所。每当看见绿叶，我总想：生活是什么？是风，是雨？还是风雨中一次次不屈的飞扬？

——纪娜《绿叶遐想》

给自己一片阳光

马瑞霄

人的一生难免会陷入困境，就好像有光明的地方也会有阴影，平静的湖面也会有波澜一样。

面对暂时的麻烦，何不给自己一片阳光，在心中点燃那盏希望的明灯呢？

曾记得有一个人，每当与别人发生争执的时候，便绕着自己的屋子跑三圈。跑完后，他的气消了，烦恼也随之烟消云散。当人们问起原因时，他回答说："我年轻时，家里非常贫穷，居室简陋而狭小，当我绕着屋子跑时，心想：自己的屋子这么小，应当加倍努力才能养活自己，哪有心思为这些琐事分心呢？等我年纪渐长，生活逐渐富裕，住的屋子也大起来的时候，我绕着屋子跑，又会想：我都住上了这么大的屋子了，又何必跟别人计较呢？"

你看，这是多么精辟的分析，多么绝妙的处世之道啊！

给自己一片阳光，让心中的愁云逐渐消散，我们的生活才会更加美好。

给自己一片阳光，对世上一切美好的事物都倾注热情，对身边的每一个人都施以真心的微笑，你会发现：世界竟是如此美丽！

给自己一片阳光，即便身处黑暗，也会感到无比温暖，拥有万分的力量。试想：没有了黑暗的映衬，我们又如何能体会光明的弥足珍贵呢？

生活是否圆满，有时完全取决于我们的心态：悲观的人认为百合是洋葱科的，乐观的人则提醒我们洋葱是百合科的。只有心存那一片阳光，才能拥有一颗善于发现美的心，才能被美的事物感动。

毕竟，我们无法左右他人，但我们却可以改变自己的心情；我们无法预知明天的变故，却可以把握今天的拥有。给自己一片阳光，把每一次感动都用心珍藏，让每一个日子都熠熠闪光。

因此，不要畏惧黑暗，用自己心中的阳光去照亮身边的世界吧！

（指导教师：王海燕）

爱如飞鸟

秦瑞阳

有幸拜读了泰戈尔的《飞鸟集》，不禁被那一首首绮丽的小诗所吸引。它们像是一只只飞鸟，唱着愉快的歌儿向人们诉说着爱的真谛。

蜜蜂从花中采蜜，离开时向花儿道谢。

常常惊叹于这世界平凡却真实的爱。蜜蜂从花中采出香甜的蜜，同时也给花儿授粉，这算是动物与植物间的互爱；人类保护环境，大自然必定微笑着给予回报，这是人与自然的互爱。正因为有了如此美好的互爱，我们的世界才更加美好！

当我们爱着世界时，才生活在这个世界上。

有时在新闻中看到有人自杀的消息，惋惜之余不免想到了许多。他们之所以会选择这条路，也许是认为世界上没有爱着他的人了；抑或是认为这世间已没有什么人事值得爱。若是前者，我会叹息，因为他不曾看到，他的家人整日在为他以泪洗面；若是后者，我想给予他同情，因为他丧失了爱人的能力，这是如此的可悲。

当人类是野兽时，要比野兽坏得多。

野兽在相互杀戮、残害时，不发宣言，不讲借口。而一些人为了眼前的蝇头小利，会制造假象，埋下陷阱，设置骗局，以为自己得到好处，但他们丧失了为人最基本的诚信，玷污了别人真诚的爱心。他们不懂得爱的真谛，

第三部分 给自己一片阳光

最后受害的人还会是他们自己。

> 一次，我梦见我们是陌生人。我醒来后，发现我们是彼此相爱的。

我们往往对于身边家人、老师、同学的关爱毫不在意，但总有一天，我们会远行，与家人相隔万里，与朋友失去联系。此时，我们才会明白母亲的细腻之爱，父亲的深沉之爱，老师同学的关怀之爱……这时才明白它的美好，心中便异常疼痛。所以，我们更应珍惜每份来之不易的爱。

很喜欢泰戈尔的一首诗："天空不留下鸟的痕迹，但我已飞过。"抬头看看窗前，几只小鸟一掠而过。我想：爱也如同飞鸟一样无痕吧，它不需要记录，却能在人们内心经历的瞬间成为永恒，永远留在心中，润物细无声。我也愿做一个这样来无影去无踪的飞鸟，不求在这里带来我的影响，只求用我的爱，留下我成长的气息。

哦，爱如飞鸟，爱如飞鸟！

(指导教师：梁芳)

流　年

陈荟颖

　　喜欢在某个阳光灿烂的冬日翻开那本发黄的往事录，纯净如水的阳光温和地缓慢流淌，酥脆的纸页翻动着如诗的过往，又似被风抚平了褶皱，如古老的无声电影在脑海中无力地放映。恍惚间我似乎又回到了镌刻在石板上的过去，又找到了那失落的纯洁。

　　那时只喜欢在万籁俱寂的深夜读着一个个童话，在似有还无的微弱亮光中渐渐入睡。不喜欢诗词歌赋的凄婉，不喜欢散文古曲的冗杂，不喜欢杂文小说的晦涩，我独爱童话故事的纯净美好。在那样的年岁，窗外无数的星星欢欣地眨着眼睛，婆娑的树影舞动着生命的空灵，连蝉鸣也比他时有韵味。

　　那时只喜欢躺在慵懒的银杏树下望着如洗的碧空，那只是些纤尘不染的蓝色，升腾在广阔无限的宇宙中。远方黛青色的山固守成一道蜿蜒的屏障，色泽平淡无奇，再不肯多一点，再不肯少一点，将藐小的世界画得很完美。突然间发现自己已经不再如尘埃在宇宙中可有可无，似有个澄澈的空间倾入我心，将我从繁杂的尘世中拯救出来。

　　那时只喜欢一个人在开着繁花的小径上唱歌，无论是否动听悦耳，却总能借此理清生活的思绪。雨毫无征兆地降落，仿佛是在天地间完成的大写意，于是我会开始不顾一切地奔跑，好像受尽甘霖的润泽，忘却了该遗忘或不敢遗忘的种种。在如此疾速的奔跑中，天地间的一切都被逐渐省略成美好的味道，雨丝是幸福的，草叶是幸福的，就连飞溅的泥点，也幸福地一如既往。

　　这场黑白的无声电影重重地停顿过后，是不忍提及的结局。死去的公主，被咬过的棒棒糖，凋谢的蓓蕾，已枯萎的银杏树，连青山的缺口也疼痛得无法弥补。何时才能回到我的澄澈空间呢？最后的阳光匆匆谢幕。是的，时光会老，不老的，是我们的心。

（指导教师：张玉兰）

别忘了给生活加点糖

庄灵钟巧

生活如一杯咖啡，有细腻的色泽和爽滑的口感，夹杂的是纯纯的苦和浓浓的香。懂得品咖啡的人总会记得给咖啡加点糖，懂得生活的你，别忘了，也给生活加点糖。

面对生活的纷纷扰扰，或许我们早已习惯漠然地穿过周围人群的喧闹，独自行走；面对激烈的竞争和胜者为王败者为寇的现实，或许我们也早已经习惯无奈的转身与悲伤的叹息……我们不禁要问：这，就是生活吗？

这是生活，却不是生活的全部。生活像一个调味瓶，盛满了酸甜苦辣，当你陷入酸甜苦辣中找不到方向时，请别忘了，生活还有甜。

当班级的比赛因一人失利而以惨败结束时，当耳朵里已充溢着他人的抱怨和责骂时，别忘了，给那早已泪流满面的他递上一张纸巾。他收起眼泪微微扬起嘴角，你会发现：生活有甜，因为宽容。

当父母因过度疲劳而只能简单地做出几道你并不爱吃的菜时，当你咀嚼着过硬或过软的米饭时，别忘了，露出一个微笑，加上一句"辛苦您了"。父母宽慰地抚摸着你的头，你会发现：生活有甜，因为理解。

当自己因为考试失利而独自伤心，当满眼泪水已看不见阳光时，别忘了，给自己画一扇窗。望着那扇窗户，想到明天，或明天的明天，太阳终将露出笑脸，给屋内撒满一地金黄，你会发现：生活有甜，因为希望。

……

这才是生活，丰富多彩，不全都是苦，亦不会全都是甜，但这就是生活。当发现周围出现误解、无奈、痛苦、怨恨时，请加些宽容、理解，请用心体味它的甜，因为生活本就充满希望！

咖啡因为苦，才与众不同，你只需要给它加些糖，就能品出香甜。生活亦如此，因为有悲伤，有困苦，才显得真实。只要认真感悟生活，善待生活，自然能找到其中的幸福滋味。懂得生活的你，别忘了，给生活加点糖。

（指导教师：杨世秋）

爱的天空

孙飞

母虎抚养幼虎有三个过程。开始，它出去捕食，把最嫩的肉用爪子撕成碎片，喂给幼虎吃。后来，它捕食回来，自己把肉吃掉，剩下的骨头扔给幼虎啃。再后来，它捕食回来，自己把肉吃掉，把骨头扔掉，幼虎要吃，它就大吼一声，不让它吃。过几天，幼虎饿得实在受不了了，就离开母亲，自己找食吃，且不再回来。

读了上述材料，不知大家是否和我一样，心扉受到强烈的撞击，尤其是把自己的子女视为心尖子的父母们？你们是否应该从母虎身上深深地反思一下，你们应该给子女一片怎样的爱的天空？

"可怜天下父母心"，你们含辛茹苦，把点点滴滴的汗水化作一片艳阳高照、惠风和畅的纯爱的天空，我们真的很感激，但你们是否知道我们的茁壮成长，不仅仅需要阳光和空气，我们还需要电闪雷鸣、狂风骤雨。我们既要长高，又要长壮。

我们是雏鹰，是雏鹰就要拥有一片高深奇险的天空，这样，我们才能不畏风雨，展翅飞翔；我们是水手，是水手就要面对一片波澜壮阔的大海，这样，我们才能不惧狂澜，乘风破浪。

我们不能是一只风筝，让你们目不转睛地牵着线来控制我们，以致我们飞在天上，还不知道云是什么；我们也不能是一只小羊，让你们全力以赴地庇护着我们，以致我们跑在旷野，还不知道狼是什么。

天下的父母呀，我们不缺糖，我们缺钙；我们不缺温馨明媚，我们缺风吹雨打；我们不缺阳关大道，我们缺崎岖山路。

世界著名的杂交水稻专家袁隆平说："在最艰苦的条件下才能锻炼出最卓越的人才。"而孟子的话更是掷地有声："故天将降大任于斯人也，必先苦其心志，劳其筋骨，饿其体肤，空乏其身，行拂乱其所为。"是啊，既然挫折磨难是我们成才的一条最佳道路，是我们成长的一笔天大的财富，天下的父母呀，就让我们的生命中拥有逆境，拥有坎坷吧！这样，我们的生命定会激发出最灿烂的火花，我们的生命会更加绮丽多姿。

冰心奶奶说："愿你的生命中有够多的云翳，来造成一个美丽的黄昏。"因此，我们恳求父母给我们这样一片爱的天空：既有花香，又有骤雨，既有艳阳，又有冰雪。让我们的生命中泪水与微笑共舞，苦难与拼搏齐飞。这样，你们的爱才会更加伟大深沉，你们给我们的爱的天空才最美！

（指导教师：孙志）

045

绿叶遐想

纪 娜

已不记得在何年何月何日在何地捡起这片不知因何而飘落的绿叶。它"未老先衰"该是一种怎样的感觉呢?

那是个雨后的清晨,微微的阳光给大地笼上了一层淡黄,天空显得格外蓝。它,那片绿叶静静地躺在湿漉漉的大地上。叶面上晶莹的泪珠还不曾滑落。薄薄的角质层闪着光华,雨水使那绿色更加温厚鲜艳,分明得像块翡翠。然而,它为何躺在地上?是鸟儿啄落了它,还是风儿吹落了它,抑或是雨点无情地击落了它?

那片绿叶在阳光下如空谷幽兰,文静优雅。透着一缕幽幽的美,溢出一份脉脉的情,氤氲着一种"我醉君复乐,陶然共忘机"的氛围……

风起了,那充盈着阳光与雨露的风儿邀请这位坠落的天使起舞。飘飘转转,起起伏伏。"最是那一低头的温柔,像一朵水莲花不胜凉风的娇羞。"呼——一阵疾风送它升空,这是向往吧,它是绿色王国的一点,曾经那么执着,那么坦然,奉献着自己的温馨与绿色。四周静静的,静静的。大地、阳光、雨露、风儿难道都心领神会了吗?一片绿色的生命,本该在母亲的怀里唱快乐无忧的歌。可是——我惊异,我疑惑,怎么会……身上突然袭来一股寒意。

我弯腰轻轻地捡起它,这片在生命最后还在含泪微笑、还在舞蹈的叶子。我慢慢抚平它,如此的碧绿,凸起的叶脉,张扬着生命的坚实。它在哀叹生命的短暂吗,它会接受这生命的不平吗?

风又起了,那一刻,望着哗哗响动的千片万片树叶,我无言……

那片叶,那片绿叶,依旧静静地躺在我的书中,那股清香溢出了书外。它的梦中也许还有阳光下的喧哗、清风里的喧闹,在它由绿变黄变灰的过程中,好想留住生命的本色!"愿大海变成墨汁,愿天空变成白纸,我要用它书写对你的热爱。"那叶，真的好美，好美。

我向来爱雨，爱它的清爽。雨能冲掉那空气中的尘土与心灵上的污垢。我想绿叶在风雨过后定会变得更新更绿更美，即使被暴雨打落也无怨无悔。

微风起了。那片片绿叶在风中奏出一支快乐的交响。雨，还远在天涯；叶，自有它生存的处所。每当看见绿叶，我总想：生活是什么？是风，是雨？还是风雨中一次次不屈的飞扬？

（指导教师：周洪宝）

微笑的理由

朱诗雨

书上说，这世界本来就有太多的不幸，我们所要做的，就是在千千万万个不幸的理由里，找出一个幸运的、能让我微笑的理由。

突然想起数学作业还没有做好，急急忙忙冲到书桌前，看着两大张密密麻麻的试卷，头晕。但不能不学啊，我还是坐在书桌前，默默地书写着。题目很多，也很难。偶然抬头看着玻璃中的自己，猛然发现不知从什么时候开始，我的表情那样木然。极力想撑出一个勉强的笑，结果嘴角的弧度，就是抬不上去。无奈地摇头，埋头奋笔疾书，是从什么时候开始的呢？微笑，这个最具有力量的表情，并不是那么简单就能留住的。

"吃晚饭了！"母亲从厨房里探出头，油烟的味道立刻冲了出来。我打了几个喷嚏，絮絮叨叨地发牢骚："怎么没开油烟机啊？"没人回答，大概是没听见。

"青菜粥？"父亲问。"嗯，忘买面条了，凑合吃吧。"母亲回答。

我自顾自吃着，一边听着父亲在说哪个国家又发生战争，更加无聊了。我不断用筷子搅动着绿色的粥，突然，从筷子边滑过一个东西，我定睛一看：一只绿色的青菜心！不知是人为切过的，还是天然的，小小的青菜芯上竟显现出玫瑰花般重叠的花纹，如同精致衣服上配搭的一朵鲜艳的花朵，美丽至极。我惊讶极了，原来青菜心也可以这么美！嘴角勾勒出一个微笑的弧度，心头泛起无法磨灭的感动与欣慰。连青菜都知道，必须美美的、开开心心的面对生活呢。难怪有人说，只要是有心人，就能随时随地收获微笑，这个世界上最简单，最美好，也是最温暖的事情。

其实，微笑不必有太多的理由。只要你爱着别人，热爱生活，你就一定会微笑。

(指导教师：陈敏)

第四部分

我和星星有个约会

　　终于有一天，我展着单翅自由地飞翔在蓝天上。虽然有点笨拙，但我拥有了天空，我超越了梦想，我可以豪迈地丈量天空。

——孙艳秋《追梦》

心中的那抹绿色

冷小丽

　　我心中的那抹绿色，安静而祥和，没有丝毫硝烟与血腥的浸染，宛若隔世桃花源中那氤氲的一抹。为了心底这方梦幻中的绿色，我背上行囊，踏上漫漫征途。

　　我首先来到了一个叫作远古的地方。那里古猿刚从树上走到地面，并用石块和木棒作为劳动的工具。他们几十个人结成一个小的群体，过着茹毛饮血的生活。虽然他们生产力水平极端低下，但他们是一个没有私产也没剥削的群体。我不禁驻足于这方原始的乐土，但他们嘴角边残留下的动物的血迹告诉我：这不是我要寻找的地方。

　　我继续追寻我心中的那抹绿色。

　　而后，我来了封建时代。在这里，人类社会从最原始的氏族之间的纷争，演变为对皇权永无止息的争斗。在这里，我读懂了孟德公的"白骨露于野，千里无鸡鸣"，也读懂了李华的"秦起长城，竟海为关。荼毒生灵，万里朱殷。汉击匈奴，虽得阴山，枕骸遍野，功不补患。"然而，在这"一将功成万骨枯"的时代，哪里有我心中那一抹淡绿？

　　我摇一摇头，将失望的苦涩抖落在昨天，继续前行。

　　不久，我又到了一个叫近代的地方，但这里出现了可怕的侵略。许多贪婪的目光都盯住一个叫"中华"的地方，罪恶的双手将一切能掠夺的东西，塞进沾着血迹的箱箧。显然，这里是一个充满了杀戮、罪恶与哭泣的战场，于是我又开始了我的旅行，毕竟，这不是我魂牵梦萦的地方。

　　我最后来到了一个叫现代的地方。远远望去，居住在这里的人们好像生活得最幸福，高楼大厦鳞次栉比；电脑、手机等几乎走进每一个家庭。他们可以人工降雨、控制河流，随心所欲地改变地球表面的生态环境。我高兴极了，因为在稀薄的硝烟气息中我仿佛嗅到了那抹绿色散发的清香。

可当我真的走进现代时，一股莫名的悲哀涌上心头：那一条条穿越远古、近代的，原本清明澄澈的河流而今散发出令人窒息的臭气；原来蔚蓝的天空也变成了阴沉的铅灰色，生机勃勃掩盖不了死气沉沉。我叹了一口气，又继续前行。

我一时不知道我是谁，也不知我将去何方。我只想找寻我心中的那抹淡绿——安静、祥和而又充满生机与希望的绿色。为了心中的梦想，我日夜兼程。但这一抹绿色又在哪里呢？我不知道，但我想它一定在某个地方。

（指导教师：张艳斌）

我是一棵小树

李自梅

　　我是一棵小树，生活在一片郁郁葱葱的大森林中。每天清晨，我在太阳公公的呼唤中醒来，小鸟妹妹唱起动听的歌曲，微风轻轻拂过，我伴随着优美的歌声翩翩起舞。

　　小溪是我的"铁哥们儿"，每天他都会向我讲述一些离奇的故事。雨姐姐不时地还会把我洗得干干净净。我快乐幸福地生活着，渐渐地长成了一棵苗壮的小树。

　　一天，太阳公公不知为什么变得暴怒起来，疯狂地将其所有的热量洒向大地。大地越来越热。

　　我像往常一样，在和小溪哥哥玩耍，却发现一片龟裂的土壤，我吓得大叫起来。小鸟妹妹飞过来告诉我，因为太阳公公发火，小溪哥哥变成了水蒸气。这时我才明白，整个森林已经处于险境。现在只能希望太阳公公赶快平静下来。

　　大地还是一样的炙热，我每天靠几滴露珠维持生命，我想对太阳公公呼喊，希望他赶快平静下来。然而，我已经说不出任何话来，只能在心里默默哭泣。

　　不知经历了多少天的等待，就在我快要坚持不住的时候，我看到天上有片爱心形的白云。它怎么会来这里？是不是只是路过？

　　恍惚间，我感到有微风吹过。自从太阳公公发火，微风就没有来过。我抬头看看天空，似乎那片云比刚才缩小了。也许它只是路过吧。

　　没过多长时间，一片阴影笼罩在我的身上，凉快了好多。我努力抬起头，原来爱心云刚才在呼朋引伴，现在它越集越大，已经组成了一片巨大的爱心云，颜色也变成了乌色。转眼间，一场大雨袭来。整个世界顿时变得清凉起来，我终于可以伸展开身体了，小溪哥哥又回到了这里，好开心呀。

大雨过后，天空变得湛蓝，一切都恢复了生机。小鸟妹妹又开始歌唱，我在微风的鼓励下，重新起舞。我抬头寻找那片爱心云，很想感谢它，却发现它已经一声不响地离去了。

天空的西边挂起了一道绚丽的彩虹，那么灿烂，那么美丽，我想它也许是那片爱心云所变的吧。

（指导教师：傅伟）

我和星星有个约会

韩汝斯

夜幕悄悄地降临了，我托着腮，仰望着天空，在这晴朗的夜晚，调皮的星星眨着快活的眼睛，好像地上闪耀的灯光，一闪一闪，似乎在跟人们捉迷藏似的。那灿烂的星星，使我心旷神怡，浮想联翩……仿佛进入了忘我的境界。

忽然，银河系里所有的星座都活了，它们一个个眯着眼睛，向我点头微笑，向我亲热的招手。

你瞧，人马座里的一匹小白马，全身发出银白色的光辉，胸前镶嵌着一颗闪闪发光的蓝宝石，再加上一对金色的翅膀，真是漂亮极了。它正昂首挺胸，向我飞来。

你看，织女座上出现一位美丽的少女，她头戴皇冠，身穿由赤、橙、黄、绿、青、蓝、紫这七种颜色配成的裙子，在天空中翩翩起舞。这让我想起了神话故事中的牛郎和织女，也许他们正在鹊桥上相会吧！

咦！哪儿传来了这么优美、动听的琴声啊？哦！原来是天秤座上的一位亭亭玉立的少女在弹钢琴啊。金牛座里的金牛发出闪闪的金光，为这位弹琴的少女驱赶黑暗。

嗨，小白马又来了。我纵身一跃，跳上马背。小白马带着我奔赴无边无际的银河系。在这漫无边际的银河里，我和可爱的星星一起游戏，一起唱歌跳舞，一起为迷失方向的人们指引前进的道路，一起把身上的光亮奉献给美好的人间……

深蓝色的天空中悬着无数忽明忽暗的星星。它们就像一颗颗无瑕的宝石，闪烁着奇异的光芒。啊，如此广阔，如此神秘，如此朦胧的银河系为我编织了一个七彩的梦。

星星，如诗般的瑰丽，如梦般的甜蜜，如画般的温馨！

（指导老师：竺雪梅）

追 梦

孙艳秋

蔚蓝的天空像刚洗过一样，深邃、纯洁，天空中浮动着几只美丽而精致的风筝。

和煦的风徐徐吹来，树叶随风起舞。在树叶的遮掩下，有一个简陋的鸟窝，窝里有一只断了翅膀的鸟，那就是我。

我本来拥有一双健全的翅膀，但出生不久，就被一群顽皮的孩子从窝中掏出，结果摔断了翅膀，我是死里逃生，被妈妈救了回来。妈妈把我救回来之后，不止一次地对我说："孩子，妈妈不可能照顾你一辈子，你要试着飞翔，虽然你只有一只翅膀，但只要不怕流血、甚至死亡，你一定能够飞翔……"

每当听到妈妈的话，我总是使劲点头，妈妈的话似滴滴甘霖滋润着我受伤的心田，给我勇气和力量。所以我不止一次地告诉自己：你不能沉沦，你一定要练习飞翔。

于是，我慢慢地站了起来，艰难地站立在窝的边缘。我闭上眼睛，使出浑身的力量扑打着唯一的翅膀。结果，我被狠狠地摔在了地上，疼痛如割，顿时，我泪如泉涌。

"翅膀都没了，还练习飞翔呢，别做白日梦了！"我头顶上的小灰雀不屑地瞟了我一眼。

"让他去摔吧！我们别管他。"燕子在一旁应和着。

面对无情的嘲讽和挖苦，我没有退缩。我擦干了血和泪，再次慢慢地爬起，费力地爬到一段断墙上扑打着翅膀，但身体再次像脱离的火箭壳一样坠落，再次血肉模糊。

但不管是风霜雨雪，还是电闪雷鸣，都没有阻止我对梦想的追求，对天空的向往。

我不知摔了多少跤，只记得伤疤一层又一层，我深深地体会到追梦的路得用血泪和信念铺筑。

终于有一天，我展着单翅自由地飞翔在蓝天上。虽然有点笨拙，但我拥有了天空，我超越了梦想，我可以豪迈地丈量天空。所有的同伴都在为我鼓掌，包括曾嘲讽我的小灰雀和燕子。

妈妈说我是鸟家族的骄傲和神话。

我坚信，我是天空中一道亮丽的风景线。

（指导教师：孙志）

美丽的接触

陈 涛

这是一个没有星光的夜晚，茫茫原野上，有一朵昙花就要开放了。像是即将分娩的母亲，昙花忍受着开放的痛苦。

她想到自己白天不能开放，想到自己的生命是那样短暂，内心涌起一阵莫名的悲哀。她渴望找到知己，正是因为生命短暂，美丽也短暂，更应受到人们的珍惜。在七彩阳光下傲然绽放，在众人期待的目光中灿然吐蕾，也是她无限向往的。

今夜，没有一丝光亮，没有一点声响，天地万物，仿佛都不得已被夜幕包上了。昙花如同置身于一个孤岛之上，有一种被遗弃的感觉。

昙花意识到，离开放的时间越来越近了，她内心涌起的失落感也越来越重。她的美丽，将没有任何人知晓。她悄悄地生，又悄悄地死。

尽管现实如此冷酷，昙花依然没有绝望，内心不乏美丽的憧憬。如果原野是舞台，舞台之下，是人头攒动的观众，当大幕拉开，灯光闪亮的时候，昙花将像孔雀开屏那样，尽情地展示自己的美丽，做一次精彩绝伦的表演，让生命美丽到极致。尽管花期短促，生命短暂，她也无怨无悔，微笑着谢幕，幸福地凋零。

其实，在昙花的旁边，站着一个小男孩。他是一个失明的孩子。他生活在黑暗的世界里，光明对他失去了意义。原野上的黑夜，没有使他感到丝毫惧怕。因为白天和黑夜，对他来说都是一样的。

花朵的颜色，花朵的美丽，小男孩无法看到，但他有一个热切而执着的愿望，就是用手去接触一下花朵，接触一下美丽。他相信自己的感觉。

他伸出双手，可是，他没有接触到鲜花，哪怕只是一朵。他的双手，被荆棘划了一道又一道血痕。

又一次，小男孩伸出了双手。这回，他接触到了昙花。

同时，昙花也感觉到，有一双温暖的小手在触摸自己。她不由自主地发出激动的战栗，一股幸福的暖流顿时涌遍全身。她总算找到了一个知己。她的美丽不再是一种痛苦。

昙花竭尽全力地开放着，原野上仿佛能听到花开的声音。她要把自己的全部美丽的过程，通过小男孩的双手，脉脉地传递给他。

小男孩的嘴角，露出一丝会心的微笑，像一道闪电，划亮了漆黑的原野。

（指导教师：鲍小军）

圣诞节的礼物

张 蕾

午夜的钟声已经敲响，圣诞节就快到了，家家户户都在准备圣诞节的礼物！

小巷深处有一个孤儿院，很简陋，几乎只剩下贴着孩子们愿望的四面墙，创建这个孤儿院的是一位年轻的姑娘——爱蒂贝尔。她同样是一名孤儿，为了支撑这个不同寻常的家，她给大户人家当家政老师或是保姆或是钟点工。总之只要能够赚钱，哪怕是一分钱也行。

这不，在圣诞的前夕，她在孩子们睡着后又出去干活了，因为她要赚钱给孩子们买礼物。

其实，那不是个秘密，因为这些聪明的孩子们早就猜出来了，她为了赚钱给别人当钟点工。大家经过一番讨论过后，稍大的一个孩子说："我们去乞讨吧，今晚是除夕，说不定会有善良的人给我们一美元呢！"他挺一挺胸脯，很有自信。

"对呀！对呀！我们要给爱蒂妈妈一个惊喜，让她过一个开心的圣诞节！"最小的一个小孩大声叫道。

说干就干，他们整理好被子出去了，开始挨家挨户地乞讨，唱起了爱蒂教给他们的《圣经》，他们一个接着一个地唱，那充满爱的童音感化了一家又一家。但是有时却没有那样的幸运。

"快滚快滚，怎么像嚎似的，打扰了我的好心情！"

"你们唱什么《圣经》，唱也没用了，我们这儿没有钱，你们到别处要去吧。"

"回去吧！回去吧！这儿没有钱！"

虽然这样，他们仍含着泪一次又一次地唱，但愿能感动这些人冷漠的心，给予他们一点爱吧。

三个小时过去了，他们只得到了少得可怜的五美元，恐怕连圣诞老人的袜子也买不到。

恐怕又要让爱蒂妈妈失望了。

"我们到特朗爷爷那儿去看看吧，那儿有我们想要的东西呢。"

现在他们要去小镇外的一家回收店，那儿的每一件东西都很便宜，那里的特朗爷爷很粗鲁，是个会发脾气的人。

他们胆怯地走了进去，把五美元握得紧紧的，连手心都冒出了汗。

"特朗爷爷，能帮我们个忙吗？我们希望买个礼物给妈妈！"最大的一个孩子将五美元小心翼翼地递到桌子上，但特朗正在仔细观察着刚回收的古董，听到孩子们的话，慢慢抬起头，瞟了孩子们一眼。

"这点钱根本就不够，你们这些糟糕的孩子，快回家去吧，我这儿从来没有回收过这么低价的货。"

"可是，可是……"大孩子委屈得没话说。

"但是我们挨家挨户地乞讨，只得到了这么多，求你看在我们真诚的份上，请允许我们买一个礼物给我们辛苦的妈妈吧！求您了！"

"求您了！""求您了！"……

几个小孩哀求着，他的心被打动了，"带着你们五美元的爱选一件东西作为给你们妈妈的礼物吧，我想就是上帝也会同意的。"他仁慈地说。

最后，他们选了一个亚麻色的围巾，因为它可以驱寒，也可以保暖。

……

圣诞节的钟声敲响了，街上开始欢腾起来，连音符都在舞池里跳动。

"我亲爱的孩子们，我实在没有多余的钱给你们买礼物了，上帝懂的，对不起！"爱蒂抱歉地说。

"但我们有礼物给您，妈妈！"大孩子边说边把围巾戴到了她的脖子上。她很惊讶："孩子们，这是从哪儿来的？"

"爱蒂妈妈，我们乞讨了五美元，到特朗爷爷那儿换了一个礼物给你！"

"谢谢孩子们，好漂亮的围巾啊！"爱蒂亲吻了每一个孩子，说道：

"这是今年爱蒂妈妈给你们的圣诞礼物,我爱你们!"

屋外,圣诞的烟花绽放在璀璨的夜空,映照在屋内孩子们幸福的脸庞上。此时,爱,定格在亘古不变的时空之中。

(指导教师:周龙成)

蚂蚁乔舒亚的日记

肖　琴

2008年8月8日　晴

我已经被张老汉折腾得无法安眠了。

昨天黄昏时下了几点雨，张老汉就忧心忡忡地在客厅里踱来踱去，把我的眼睛都晃晕了。听我那些见多识广的朋友说，北京出了些怪事，这些天来了许多长相颇有些不同的人，维那说，今天有一个叫"奥林匹克"的大会要开。

张老汉昨晚只怕是半夜才上床睡觉，张老太把我的耳朵都唠叨得起茧了。问题是，老汉上了床还不停地开灯关灯，起来看外面有没有下雨。今早，他穿得焕然一新，精神抖擞地出门了。出门的时候，他还兴高采烈地唱着："老汉我今年六十八，盼的就是个2008……"在一旁的张老太说，她硬要当什么"奥运老年志愿者"。

2008年8月10日　晴

今天晚上，我和维那相邀去街上逛逛。我看见，每个人脸上都洋溢着微笑。看得我心里怪暖和的。维那告诉我，他的小主人也去当"志愿者"了。

唉！我又想到了张老汉，早出晚归，乒乒乓乓吵得我不得安宁。回来后还要跟老太叽里呱啦说一大堆。昨晚回来的时候听他说，一个外国人向他问路，他用英语跟他对上话了，外国人还说"三克油（Thank you）"呢！英语，大概就是他每天清晨都对着录音机说的那种语言吧！

明天，我们约好去天安门。

2008年8月11日　晴

天气一直都好得不得了，张老汉的状态也好得不得了。今早我跟他一起出门。我和维那爬了好久好久，才到天安门，我看到了许多蓝眼睛的人，他们边说边不停地竖起大拇指。维那说那就是外国人。

我在广场上还看见一种怪物，像人却是用钢做的。他们会动，会说英语，还会指路，能把广场上的人群安排得井然有序。真有趣！仰望天空，万里无云，看看近处，花草正旺，比以前漂亮了好多好多。我决定，以后多出来走走。

2008年8月13日　晴

维那今天去看比赛了。我呢，又去附近转了转。大人也笑，小孩也笑，男孩也笑，女孩也笑，这世界真让人暖和。绿油油的爬山虎，已经爬到那些雄壮的大厦上了。十字路口的钢铁人依旧在指挥交通，我听到了他说的话："亲爱的朋友，欢迎您来北京！"然后又说了一句英语，我听不懂，但我猜得到，那一定是听了让人幸福的话。

（指导教师：罗小军）

第五部分

爱未央

爱未央

是我坚定的目光

聚焦在你的身旁

即使你不曾发觉

你是我眼中

永远不变的模样

——金龙《爱未央》

爱未央

金 龙

爱未央
是你羞红的脸庞
印在我双眸之上
即使我的手指
可能再也无法触及
你洁白的衣裳

爱未央
是我坚定的目光
聚焦在你的身旁
即使你不曾发觉
你是我眼中
永远不变的模样

爱未央
是你赋予我不灭的力量
钢铁般的坚强
指引我
用时光雕刻的永恒
去追寻心中不变的信仰

(指导教师：汤海丽)

一朵阳光

陈建宇

我看那阳光是一朵一朵的
聚成了春天
散成了冬天
家也是这样

雨后，那一朵朵阳光
聚成了彩虹
把眼泪变成笑脸
那彩虹就是回家的桥

我相信，那一朵朵阳光
会照在所有人的脸上
快乐的人，痛苦的人，犯错的人，远方的人
总有一天，会的

我不知道阳光的快乐
但阳光知道我的快乐

走进那一朵朵阳光
那阳光抱成了团，连成了片
我醉了……

（指导教师：李玲）

一辈子的红伞

时 晨

当我还是幼年时，
最难忘的物件，
是父母的红伞。

秋风吹来了秋雨，
秋雨又洒下了一丝轻寒，
我奔出校门，
一抬眼，
一束鲜艳的红色刺破阴沉的天。

我便小鸟依人地躲进那束玫瑰，
脚下像是水晶，
反射的正是两个撑伞的人，
街灯的光有些昏暗，
但足以照亮我的心田。

那伞
像大手，又像一颗心，
而包在心里头的，
是父母的慈爱温情。
啊！
昔日的小鸟已经长大，
小小的伞已容他不下，

但我依然愿意撑着它，
行走在潇潇秋雨中，
心里装着
父母的牵挂。

回到了家，
开门的妈妈端详着这把红伞：
"从此你要有自己的伞。"
她神情严肃，不容分辩。
可怜的红伞，
在这声音中颓然落地无助地旋转。

我目瞪口呆，头脑乱作一团。
童年的旧梦已成碎片，
成长的脚步不可阻拦，
要撑起自己的一片天，
岂能一辈子撑父母的伞。

我顿时大悟，
妈妈的取舍竟也如此之艰难，
她溺爱我的心灵，
却要自相背离，
让孩子
在风雨中洗礼，
得到人生的启迪。

妈妈，
我的翅膀要饱经锻炼，
我会撑起自己的伞，

以前的那把，
就送进亲情的博物馆，
当作永久的纪念，
长大以后
我将把它取出，
轻拂上面的尘土，
那红，一定更加鲜艳，
那时，我将为你擎起这把伞。

又是霏霏细雨下，
我顶着风雨，
行进在人生的道路上。

（指导教师：高群）

幻想旅行

管姣姣

我吸一口气
聆听自然的旋律
幻想

你
像大地的笑容
无声无息
温婉漫延于天际
这样的你是春天

你
像天空的颜色
诙谐肆意
火红却不失华丽
这样的你是夏天

你
像凄美的月光
悲凉凄清
沉吟低回于心里
这样的你是秋天

你

像寂寞的隐者
庄严沉重
甚至于迷茫困顿
这样的你是冬天

你不是装饰者，不是主旋律
你是四季

我吸一口气
聆听自然旋律
幻想一次美妙的旅行
……

（指导老师：朱文玉）

荷　花

朱　夏

伫立水波之上
清风吹拂
撩动我碧绿的裙摆
在叶的掌心独舞
成就一个童话的国度

天
滋润我的妩媚
地
捧出我的爱恋
谁
偷走了那一瓣馨香

雨水轻点
渗透华丽的霓裳羽衣
蜻蜓飞舞
诉说凄婉的心灵旅程
是哪一缕光
浸染了记忆中的皎洁晶莹

离去的背影
化泥的瞬间
只期盼
有回望的目光
伴我生命的永恒

（指导教师：郭玉凤）

聚散离场

陈创锋

花曾坠落又被吹起不知飘向何方
爱曾懵懂却又迷茫孤单远走他乡
这样离去谁会记得是否一如既往

风又吹起梦想继续谁会为谁放弃
话未说出却已结束遗憾没有退路
是否这样经历风霜各奔前程理想
昔日兄弟告别过去追寻梦的远方

是否青春这样过往留下些许沧桑
是否回忆这样淡忘埋藏些许忧伤
有谁记得那些誓言说的热泪盈眶
有谁看见那些脸庞掠过一丝哀伤

我们这样彼此挽留最后还是放手
我们这样怀念彼此曾经偎依身旁
花样年华易逝时光都随青春过往
信念依旧梦想依旧路遥远而漫长

多少故事并未结束却要就此止步
多少憧憬面对坦途没有方向追逐
花开依旧成长不休拒绝悲伤挽留
花落难留无法挽救任随时光带走

花开花落曾经绽放都曾拥有梦想
人来人往不要彷徨双手点燃希望
时光匆匆背影朦胧远去曾经的梦
热血沸腾波涛汹涌纪念流逝的风

(指导教师：薛兴民)

我听见

陈 灵

当远方的风音带来最后一次呼唤

我想

我听见

那是一首渐行渐远的歌

我听见

羊有跪拜而报哺乳之恩

我听见

屋檐下的燕子结草衔环，不离不弃

我听见

有蝴蝶在远方扇动翅膀

那是起航的钟声

我听见

诗人道"落花人独立，微雨燕双飞"

温软冷寂

却缠绵成一道伤口

我听见

庄生晓梦迷离的蝴蝶纷飞

我听见

梧桐树上的杜鹃在苦苦哀鸣乞求

我听见

那自然、那宇宙、那沧海桑田

在经久不息地吟唱

吟唱生生不息

爱的赞歌

我听见

呵

是的

我听见

那是自然深处最纯净生灵的咏叹

浅浅的，是坚持

淡淡的，是执着

默默的，是守望

给人以最深入的洗涤

闪耀着爱的期盼

(指导教师：卫峰)

念 娘 恩

娜蓝容若

儿时的一声呢喃

了了她十月苦盼

煤油灯下的飞针走线

一封代写的家书盛满思念

一日三餐

粗茶淡饭

她早已习惯

一句乳名我留恋

夕阳西陷

老去了她的容颜

遗忘了谁的依恋

若有幸修得来世缘

还要绕膝抚她银簪

捧一把九月金菊默念

但愿

但愿

(指导教师：薛兴民)

守望

赵梓任

茫茫海水

深水之彼

默默守望

故乡的秋啊

那红枫里藏着的忧愁

春日的阳啊

融不化那思念的绳

多少次在梦中哭醒

忆起你的容颜

多想

轻摇舟楫

一路渡回你的怀抱

我亲爱的祖国

念与不念

我就在这里

默默守望

(指导教师：汤海丽)

第六部分

星星眨着眼睛

当我领到崭新的课本时，眼泪再次潸然而下，因为我知道这是父亲用血汗钱换来的。父亲对我说："要好好念，记住，这书来得不易。"

父亲像一条扁担，一边挑着家，一边挑着儿女们的未来。

——李村《沧海有岸，父爱无边》

星星眨着眼睛

> 每个人死了之后，都会变成一颗闪亮的星，守护所爱的人。
>
> ——题记

　　从小我就羡慕别的小朋友，可以有一个爱鲜花的妈妈和一个爱讲故事的爸爸，拥有小仙女般的快乐。我的妈妈不爱鲜花，她说，鲜花太耀眼，凋谢太快；我的爸爸在我还没有出生以前，就逝世了。可以想象一个女人，母兼父职抚养女儿的辛苦。

　　从童年到现在，我和妈妈总在不停地搬家，从舅舅家搬到姑姑家，从姑姑家搬到大姨家……行李简单，几个箱子，纯粹为了方便搬运。

　　我心里的天空很蓝，正如我的心情一样。我的脸上，总是挂着笑容。我不想让妈妈早已斑白的两鬓再多添几根白丝。我喜欢蓝天，因为，所有的不快乐在蓝天下，都会消失。

　　舅舅结婚后，我们搬到了大姨家。姨妈姨父都很好，哥哥也很好。我喜欢吃大姨烧的菜；我喜欢挽着姨父的手臂出门，因为别人会以为他是我爸爸，我喜欢这样的"爸爸"；而哥哥，常陪我出去玩，逢人就讲："这是我的小妹妹呀！"我知道，我需要这种家庭的温暖。

　　妈妈没有停歇，她在大姨家附近找了间旧房子，很小。但如果能买下来，我们就有自己的家了。虽然，我一直这么想着，可毕竟，梦想跟现实，有很大的区别。

　　我以为一切都会如此平静地过下去，可是……

　　一天，一个富商模样的人敲开了我的"家"门，也改变了我十多年的想法。他说，他是某某保险公司的人，爸爸以前曾在那儿买过一份保险，保险金到现在已经累积到七万多元了。他还说，这份保险金其实在爸爸去世后

（我还没出生）就该生效，可由于种种原因而延误了，爸爸还有信留给母亲和我：

"亲爱的妻子，女儿或儿子：

当你们看到这封信时，可能我已经死了，可能看不到我的儿子或女儿了。不过，没关系，我会变成一颗闪亮的星在天空遥望着你们，守护着你们……"

我的泪水"哗哗"地往下流，十几年了，我从未感受到父亲的关怀，此时此刻，我却这般幸福！我知道，我有一个好爸爸！而妈妈则是一句话没说，慢慢地一步一步走进房间，找出一张泛黄的照片，她用干瘦的手轻轻地抚摸着那张照片，有如抚摸婴儿般。我看了看，那应该是妈妈的结婚照，我看到了爸爸的样子，十分瘦，戴着一副黑框眼镜，有很重的"书生气"。啊！我的爸爸，我日日夜夜盼望的爸爸！

我终于知道妈妈以前不给我看爸爸的照片，是因为我还小，不懂事。她不知道我在不经意间已经长大了啊！

后来，如我所愿，妈妈把我们租的小房子买下来了，我激动得想在家具上刻下我和妈妈的名字！爸爸还是给了我一个家。我和妈妈都没有再犹豫，住进了小屋，却无人为我们拥有这简陋的家而鼓掌。那天，我和妈妈早早地躺在床上，十几年来，第一次找到了安定。

爸爸，此时此刻，那颗最明亮的星是你吗？是你在遥望我们吧？是你在守护我们吧？

（指导教师：张青）

爱，怎能轻易割舍

秦子川

今天的语文课不同于往日。

老师先叫我们在一张洁白干净的纸上写下生命中最爱的五个人的名字，并叫我们慎重考虑。我经过一番思索之后写下：妈妈、奶奶、爸爸、爷爷、我。这时老师用低沉的声音命令我们在这五个人中间划去一个人，我们一开始不知道为什么，都用疑惑的眼光看着老师。老师说不要问为什么，这是一个规则。

我又重新看着我的白纸上写下的我最爱的这五个人，忽然间觉得他们就站在我的面前，妈妈是那么美丽，奶奶是那么慈祥，爸爸是那么深沉，爷爷是那么勤劳。至于我自己嘛，是怎么看怎么帅，怎么看怎么可爱。到底划去谁呢？妈妈吗，那是百分之一百二的不行，这是给了我生命的人！爸爸吗，那可是家里的顶梁柱啊！奶奶呢，据妈妈说，我生下来紧紧把我抱在怀里的就是奶奶，况且小时候做错了事，妈妈一要打我，奶奶总是最先把我搂到怀里，让妈妈也无可奈何！爷爷倒是不经常和我在一起，他在老家乡下，和我的情感不是太浓厚。对，就划去爷爷吧！就在我拿起笔在爷爷的名字上划一下的时候，我的心痛了一下。爷爷他表面上看起来不疼爱我，其实每年我和爸爸妈妈回老家过年的时候，他满是皱纹的脸上一直都挂满笑容。吃饭的时候，把最好的留给我吃，自己总是吃剩下的或者我不爱吃的。

就在我万分懊悔与难过的时候，老师又命令我们再划去一个人。此时我毫不犹豫地划去了我自己，因为我觉得如果失去了我最爱的亲人，我自己一个人活在世上也没有意思了。我偷偷地用眼睛瞥了一下我的同学，他们有的双手捧着额头，有的掏出纸巾擦着眼泪，还有的咬着嘴唇直盯着面前的纸张一动也不动。我实在不明白老师今天怎么了？

"请同学们再划去一位你的亲人！"老师的声音无异于晴天霹雳！还

要再划去一位！我的情感还要再经受一次艰难的选择。我听到了班里抽泣的声音，这声音像催泪弹，一下子把我们的伤痛撩拨出来，哭泣的声音此起彼伏。本来我是比较坚强的，一看见同桌泣不成声的样子，我的眼泪也大滴大滴地落了下来，那眼泪滴在奶奶的名字上。奶奶啊！我真的不是不爱您啊！每次您看到我，都想把我抱坐在腿上，我总是千方百计挣脱您的手逃之夭夭，因为我已经是个大孩子了；每次您都把零花钱毫不吝啬地塞在我的手心，让我不要告诉妈妈，因为妈妈总要我养成节约的习惯；每次听到我考试优秀的成绩您都喜得说话的声音都像是笑出来的。但是奶奶呀，在您和爸爸妈妈之间，我只能选择放弃您了。我不能没有妈妈，"有妈的孩子像个宝，没妈的孩子像根草"啊！我也不能没有爸爸，我敬畏爸爸的威严，但我人生的路上更离不开爸爸的威严和那如一座山一般厚实的爱！

老师，请您不要再做这残酷的游戏了吧！我们这脆弱而又幼小的心灵怎能经受得起这样的折磨！当一个个亲人从我的笔下划去的时候，我觉得我手里拿的不是一支笔，而是一把刀，一把把心割得鲜血直流的刀。我感觉到了孤独，我浑身战栗，我在茫茫的旷野里迷失了方向。没有亲人，也就没有了爱，没有了温暖，人生也就没有了意义。此时我才知道我是多么地热爱我的亲人，他们是我生命中的一部分；此时我才明白我该如何珍惜我所拥有的亲人，是他们的存在让我的每一天都那么温暖、那么灿烂！

（指导教师：秦昌利）

飞向天堂的忏悔

买志航

看着你一点点被白布包裹，慈祥的面庞永远定格，成为永恒的回忆。七月的天气，本应是闷热的，可不知为何，突然间，就下了场雨。之后，丝丝暖风中夹杂些许凉意。风刮过，迷了双眸，泪眼蒙眬，我知道，一切都无法挽回，就如同倾在地上的那一汪水，只能眼睁睁地看着它蒸发消失，被世界吞噬。我多想捧你在手，我多想倚在你身边，可如今我只能留你在心。我看见，一颗星从夜空划落，悄无声息，令人心碎。

想到再也无法听到你殷殷的呼唤，想到再也无法看到你欣慰的微笑，想到再也无法嗅到你清新的芳香，泪如雨下，回忆太多太多，失去也太多太多。一切的一切，所有的所有都只能在梦中无数次出现。心，碎了，恍若离世。一切太仓促，毫无征兆，我至今也不相信，不相信这一切的发生。

记忆如烟，思绪如潮。我不会忘记，是你，在我懵懂之时，一遍又一遍地教导："做人一定要办实事，讲实话，一定要诚实守信。"

我也不会忘记，是你，抓住一切我在你身边的珍贵的时间，不厌其烦，一遍又一遍地唠叨："还记得吗？小时候我问你去哪儿吃饭了，你说在同来顺。吃烤鸭吗？你说没有。为什么没吃？你说没上。为什么没上？你说没有报。为什么没有报？你说没有买。你就这么聪明，奶奶好喜欢你呀！"你一遍又一遍地说着，津津乐道，重复着我早已忘掉的那些微不足道的小事；微笑着，好像在复述着开天辟地的特大事件。年少的我总是不以为然，认为这根本不值一提，毫不把这放在心上，甚至有时还会不耐烦的特意回避。在你一次次"碰壁"之后，我分明在你的眼睛里读出了孤独，看见了失望。我扭过头，努力不与你的眼神接触。但从我背后你凌乱的脚步声中，我却捕捉到那一声叹息，轻轻的，却有过分掩饰的无奈……

我更不会忘记，是你，每每在我上学时，就会让我走到你面前，重重地吻一下我的手背，还附一句："你的手真香！"每当我走出家门后，你就会急匆匆地从客厅走向阳台，虽然路程很近，但对于一个八十多岁的老人，蹒跚着小脚要赶在我从窗口经过之前，却也不是易事。而这一切却只为再看我一眼，再说一句"路上慢点！"我总是头也不抬，一溜烟跑过去，只留得背后依依的眼神，不舍地望着我离去。

　　也许是我太自私，也许是年少无知，也许是我不懂得珍惜，可我现在多想留住这点点滴滴，以至于当你告别这个世界的时候，却没有让我再见你最后一面，没有给我一个忏悔的机会。如果，如果时间可以倒退，我一定会趴在你腿上听你絮叨，我一定会扭过头给你个微笑，说声再见，我一定会做个诚实正直的人，我一定会……一切已晚，仰望天空，我在心中做出第一千零一次的忏悔，远在天堂的奶奶，你听到了吗？

（指导教师：周丽君）

087

抚　摸

任妍蓉

　　窗外呼啸的寒风敲击着窗户，漫天的大雪纷纷扬扬。我躺在床上惬意地看着书，突然，妈妈的声音传来："玫子，能过来给我洗一下脚吗？"我走到卧室，望望窗外纷飞的大雪，想想自己温暖的被窝，摇了摇头："妈，你自己洗吧，有点晚了，我要睡觉了。"妈妈看了看表，有些失望地说："好吧，那赶紧休息。"

　　我很奇怪，最近妈妈老让我给她洗脚，又不是小孩，为什么不自己洗呢？我皱了皱眉头，百思不得其解。

　　星期五晚上放了学，我正好可以去姥姥家。一进门，我便大声喊"姥姥，姥姥……"姥姥"嗯"了一声，让我先看电视。真奇怪，往常姥姥会出来给我洗水果，今天怎么了？我心中满是疑惑，皱起眉头，向姥姥的卧室走去。咦？妈妈也在！我有些惊奇，低头一看，妈妈正在给姥姥洗脚呢！妈妈的双手紧紧握住姥姥的脚，给她揉着，捏着，细细地在水中把每一部分洗净，从脚趾到脚背，再到脚踝。妈妈笑着问："妈，水是不是有些凉了，我去添点热水吧！""不用，不用，这水温就行。我自己洗就行，哪还用得着你来洗。不过你洗的还真舒服！"姥姥的脸上露出了幸福的神色，双眼笑得眯成了一条缝，连皱纹都多了几条呢！姥姥的双手抚摸着妈妈的头，小心拔出几根白头发。"你还记得吗？玫子五六岁时，端着脸盆来给你洗脚，结果放的却是凉水，真可爱。""怎么不记得呢？那个年龄的孩子是最依恋妈妈的。现在孩子大了，生活空间更广阔了，对我好像没有以前那样亲密了。我还时常逗她给我洗脚呢。不过孩子功课那么忙，咱们还是别影响她了。您还是享受您的吧。"妈妈拿起擦脚巾，擦净姥姥的脚，给姥姥穿上鞋，端起洗脚盆向外走来，我赶紧走到电视机前，把电视的声音调大，假装看电视，心中却像打翻了五味瓶一样。我咬住嘴唇，愧疚、难过一齐袭上心头，望着妈妈忙碌的身影，不禁回想起妈妈给我洗脚的画面：我坐在床边，妈妈握着我的小脚，为我揉一揉脚心，感叹道："知道你为什么这么聪明吗？从小我就揉你的脚心，从那么小到现在，都长这样大了。"我笑着，享受着这一切，快乐得像个小公主。可……我什么时候能给妈妈洗一次脚呢？想起我拒绝妈妈的要求时她失望的表情，我心中万分难过。我灵机一动……

一定要为妈妈洗一次脚！

晚上回到家，妈妈坐在沙发上看电视，我端着盛着温水的洗脚盆，放在妈妈面前，"妈妈，我为你洗脚吧。"妈妈吃惊地看着我，脸上掠过一丝感动。我为妈妈脱掉袜子，妈妈有些肥胖的脚映入眼帘，我惊住了，妈妈的脚上竟有几个老茧，粗糙的皮肤，这还是妈妈那双曾经秀美的脚吗？我将妈妈的脚小心放入水盆中，轻轻抚摸着。我为妈妈仔细地洗着，像当年妈妈握着我的脚一样，轻轻地揉着妈妈的脚心。抬头望着妈妈，妈妈的双颊依稀留着一丝泪痕，幸福地笑着，轻抚着我的心。

多少年的抚摸，你都晓得，我都记得……

（指导教师：赵婷雁）

089

沧海有岸，父爱无边

李　村

　　父亲是个沉默寡言、为人正直的人。在一群人中你很难发现他有什么特别。可在我心里，父亲是伟大的，他像一座伟岸的山峰支撑着全家的命运，又像五月的阳光照亮了我的一生。

　　父亲总是闲不住，没活，他也总是找活干，以致于今天的他浑身是病，各种病痛时常折磨着他。

　　父亲就这样为家奉献着，从没有怨言。

　　我永远都忘不了那次父亲为我粜小麦交书费的情景。也正是那个骄阳似火的夏日让我平生第一次感受到父亲平静外表之下的那颗炽热的心。

　　去年夏天，姐姐要考大学，我也要升入初三，一笔不菲的学费对本不富裕的家庭来说，简直是雪上加霜。一想到拮据的家境、体弱多病的父亲和大学有望的姐姐，我就没法要那将近二百元的书费。那次老师讲得挺严，两日内必须交齐。最后全班只剩下我一个人了，路上见了老师也常常躲着走。这事终于被父亲知道了，他狠狠地骂了我一顿，说我没出息，他说他要粜小麦给我交书费。

　　夏日的太阳炙烤着大地，父亲来到院子里，从粮仓里搬出一袋小麦，有一百多斤重呢！他把袋子放在腿上，身子向下弯着将小麦扛起，歪歪斜斜地走到那边的车斗旁，将小麦放下，然后又歪歪斜斜地走到粮仓旁。很快，汗水湿透了父亲的衣衫，我走出屋子，对父亲说："爸，我帮你抬。"父亲执意说："不用了，这就完了。快回屋里去吧，外面热。"我只好回到屋里，为父亲打好洗脸水，沏上一杯茶。

　　一会儿，已成"汗人"的父亲从外面进来，我赶忙为他擦洗后背，当我触摸到父亲晒得黝黑的背时，眼泪不禁夺眶而出。曾记得小的时候，父亲的背是我嬉戏时的场地，是我玩累了酣睡时的软床……

当我领到崭新的课本时，眼泪再次潸然而下，因为我知道这是父亲用血汗钱换来的。父亲对我说："要好好念，记住，这书来得不易。"

父亲像一条扁担，一边挑着家，一边挑着儿女们的未来。

每当夜深人静，我就会想起父亲。他宁愿自己是一只受伤的河蚌，在沙砾的层层磨砺下产出美丽的珍珠，他希望他的儿女是一颗珍珠，他希望我们生活得更好。

父爱虽不惊天动地，但它足以让我感慨万分，平凡而伟大的父爱将永远珍藏在我心灵最圣洁处。

因为爱所以爱。

沧海有岸，父爱无边。

（指导教师：李建华）

第六部分　星星眨着眼睛

等

吴洁欣

秋天又到了，秋风扫着落叶，也不断地吹打着我的脸庞。深圳的秋天虽然并不很冷，但总觉得很刺人，刺人的心。阴着风，朦朦胧胧的，又回到了过去，回到了那一段往事，那一段"等"的往事中……

我是一个山里的孩子，从小在等待中长大，因为爸爸每天要到山的那一头去工作。每天傍晚，太阳下山的时候，我和妈妈总要到山脚下那条熟悉得不能再熟悉的小路上等他。每当看见爸爸披着夕阳的余晖归来的身影隐约出现在小路的尽头时，妈妈总是把我手紧紧地握一下，随着骤间的疼痛，我知道妈妈看见爸爸了，我们的等待终于有结果了。渐渐地，爸爸越走越近，我终于看到了爸爸那高大的身影，于是我情不自禁地飞奔过去，扑在爸爸的怀里，扑在等待的喜悦里。这时，我总能看见爸爸慈爱的面庞！虽然我们在山里过的日子很平凡，但那段时光却过得很快乐，很温馨……

没过多久，爸爸听说城里赚钱容易，又赚得多，为了让我们吃得好、穿得好、住得好，他决定迁居到深圳———一个繁华、美丽的都市。初来乍到的我们就感觉这里与家乡不一样——高楼林立、商场喧闹、街道上人人衣着光鲜。爸爸找到工作了，我们暂时住在出租屋里。从此，他便努力地去工作，是为了我们能住得好、吃得好、穿得好去工作！我和妈妈又像从前一样等待着爸爸回来。可是，我发现总是等不回来爸爸，他总是早出晚归……于是，在我们的等待中不再只有喜悦了。

不久，我们住上了别墅，我们不愁吃、不愁穿了。住上别墅的那一天，我以为我再也不用等爸爸了，可以天天和他一起吃饭、看电视、聊天，爸爸终于可以歇歇他疲惫的双脚了。可是，爸爸还是早出晚归，晚上，我和妈妈只能在阳台上等他了。

夜，静悄悄的，我眼巴巴地望着那条每天经过的望不到尽头的路，路灯放射出一片黄晕的光，我多么希望爸爸那高大的身影出现在灯光中。日复一日，年复一年，我和妈妈仍然每天晚上在黄晕的灯光下等待爸爸。爸爸行踪不定，脸上的表情竟是那么漠然。我发现，妈妈总是在偷偷地抹眼泪，直觉告诉我，爸爸也许再也不需要我们的等待了……妈妈仍然把我的手握得紧紧的，可是，泪水从她的脸颊上流了下来，一滴一滴地落在了我的手上。我知道，我们等待的更多是悲伤。

秋风仍在不断地吹打着我的脸庞，我含着泪收回思绪，如果当初没有迁居该多好！虽然，我们没有财富，但，至少我们拥有快乐。而到了深圳，虽然我们拥有了荣华富贵，但却失去了很多很多……

爸爸！

我们等待着你！

（指导教师：陈伟）

093

把花种在自己的心里

王程程

夕阳老去，西风渐紧。

穿上自己最爱的衣服，经过半小时的车程，踏上了这条熟悉而陌生的小路。凉风不时地钻进衣内，我不得不缩了缩脖子，感叹秋之萧瑟，人便也跟着愁了。

早就看见你，老屋，你老了，真的老了。你的皮肤开了裂，岁月在你的脸上刻上了道道年轮，如同浅浅深深的沟壑。

我走进你的心房，那笨重的木门迟钝地呻吟。我不敢跨过木槛，那里仿佛还坐着一个小小的我，拿着石头在你的身上刻刻画画。我蹲下来，看着那些我幼时的"杰作"：穿高跟鞋的女孩，高大的楼房，漂亮的钢笔，美味的糖葫芦……尽管时光荏苒，我们也早已离你远去，而你依然无怨无悔地保留着以前的一切。

来到屋内，到处都是尘土，昏暗而阴潮。看见桌子上的一本字典，拍掉灰尘，翻看了起来。有一张纸片飘然而下，捡起，竟是一张糖纸。一段封存的记忆又如潮水般涌现。

那曾是很流行的一种糖，五角钱两颗，在当时却也是奢侈品。幼时的我常常为了拿到买糖的钱，一边在地上打滚，一边还会偷看妈妈的表情。妈妈不耐烦了便给一枚硬币，这时，我便立刻起身，收起眼泪向小店进发，喜滋滋地买来我的"战利品"。先要在小伙伴中间炫耀一番，才会小心翼翼地拆开糖纸，放入嘴里。这种糖可以吹很大的泡泡，当然也还是要看运气，有些硬得咬不动，又有些会粘得满脸都是。每当这时，我便会托着小手在门槛上苦闷好半天。至少在今天是不能再打滚了，否则就要棍棒伺候了。

记忆犹新的还是苏轼的《花影》："重重叠叠上瑶台，几度呼童扫不开"，总有一种熟悉的美感伴随着童年的回忆密密地涌来，而这一切，在我的生命中早已逝去好久了。而这一切也只有你知道，老屋，可是你还能珍藏多久？

明天，你就要永久地离开。无情的推土机会将你铲倒、填平，也许只会留下些断墙残坏，而这也会被马上运走，那么我到哪里再去找你呢？我黯然地走出你的心房，然后轻轻地扣上，你暗哑的喉咙咯吱地呻吟了一声，也许是在跟我告别吧！不，这是永别！

临别，我手中紧紧握着的是张糖纸，那斑斓缤纷的色彩在阳光下熠熠生辉，宛如世上最美的花朵。是啊，就让我把记忆之花种在自己的心里，没有了你，我还是我。仰头，不让眼泪纷飞，却看到火红的夕阳悬于远山，温暖如斯。回首老屋，记忆里似鲜花灿烂……

（指导教师：许群英）

幸福的时光

陈铭瑜

往事因岁月的流逝，变得零零星星，然而爱的幸福却能超越时光的界限，将脑海中已破碎的幸福连成一串……

小时候，由于体质较弱，又经常吃药，隔天就往医院跑，我的胃就被折腾得受不了。那时候，我的邻床得了一种叫"胃窦炎"的病，我也老怀疑自己会得那种病——胃上长了豆芽，想到可怕处，禁不住放声大哭。这时，母亲总是在身旁照顾我。

我很挑食，再加上生病，自然有时什么也不想吃了。后来母亲不知从哪里学会了煮莲子汤——纯纯的，香香的。即使我再没有胃口，也抵挡不住这诱惑。作为吃药的条件，母亲只有端上香气四溢的莲子汤，我才肯乖乖地把药喝了。

母亲做莲子汤很辛苦。每天趁我还没起床就去集市，挑选很嫩、很鲜的莲蓬。回到家，再一粒一粒地取出莲子，精挑细选一番后，再用温水浸泡二十分钟。母亲做莲子汤很耐心，她总是说不到时候煮出来的莲子汤会不好喝。莲子泡开后，再用老泉水煮。这泉水是外公带来的，是老井里的水，甜甜的。母亲做莲子汤时已有了自己的方法，用旺火煮，小火熬。因此，母亲做的莲子汤很清，亮亮的，很诱人。

母亲给我递上汤的时候，总是带着微微的笑容。我知道母亲也爱喝莲子汤，但她总是说不爱喝——母亲已习惯了默默地付出，莲子汤成了她无声的爱的表达。

元旦，懒懒地起床，猛然看见餐桌上放着一个瓷碗，走近，是久违了的莲子汤。一张字条在旁边，熟悉的笔迹：期末考试就要到了，要抓紧复习啊！还有，这是作为鼓励的莲子汤。

用汤匙缓缓地舀起，放入口中，细细品味，当年的香，当年的味，还多了，幸福……

（指导教师：任小夫）

有你真好

郭颖楠

时光淹没来时路，偶一回首，已是覆水难收。

镜头对准了一个心事重重的黄昏。那是刚上初中的一个周末，我躺在病床上，父亲在一旁为我削苹果。他总是可以把苹果皮削成完整的一条，不断掉。父亲将苹果拿到我嘴边，我咬下一口，然后转过头看着窗外。透过窗户可以看到洋槐树叶由青向黄过渡的颜色，我的鼻子不由得发酸，此刻父亲的眼里想必也噙着泪吧。

骨折是那日早上骑车上学时酿成的祸。如今我躺在医院里，不知这一动不能动的右臂日后会是怎样的命运。

医生伯伯是父亲的老同学，因而对我关照有加。当他拿着X光片来到病房的时候，我相信父亲和我的心都绷紧了。父亲出门和医生伯伯说了几句话，进门后他笑着对我说："宝贝，伯伯过会儿来给你打石膏，绑之前要调整骨头的位置，会有点疼，不用害怕，我在你旁边。"

我一直觉得世界上最温暖的两个字就是"我在"。父亲把这两个字给了我，还有什么好害怕的呢？

伯伯戴上手套，用一个眼神示意我他要开始了，我点了点头作为回应。伯伯两只手将我分开的骨头用力一推，虽然时间短得来不及计算，但那一瞬间，就仿佛重演了一次那日的车祸。骨头像被硬生生地撬开，又像一个完整的水晶被狠狠地摔碎，疼得我说不出话来。我以为这间屋子里我是最疼的，后来看见父亲的手腕被我抓出的深深印记，我想，他的疼痛应该丝毫不亚于我吧！

那一刻，我才明白，是父亲用他的爱，给了我战胜困难的勇气。我想，无论面对何种困难，总会有一种力量支撑我，让我勇敢地走上人生的新台阶！

亲爱的父亲，有你真好！

（指导教师：周永红）

饭桌上最忙碌的人

白　赫

　　饭桌上，我们可能不会太注意，总是有一个人最忙碌……

　　当大家都坐在饭桌前等待着开饭时，她正来来回回地将热腾腾的饭菜端上桌。她，就是我的妈妈。等一切就绪后，她才会入座。而此时，妹妹正绘声绘色地讲述着学校里发生的事：谁获得了小红花，谁又被老师批评，谁迟到了……我在不经意间看了妈妈一眼：她微笑地聆听着，头发垂下来半遮着眼睛，眼睛眯成一条缝，眼神里满满的都是慈爱。讲着讲着妹妹突然说："我的米饭吃完了！"话音未落，妈妈便立即站起来，小跑回厨房。不一会儿，她便微笑着把碗递给妹妹问："够不够？"不懂事的妹妹继续嚷着："不够，再来一点！"才坐下的妈妈又站起来，这次把锅拿了出来，给妹妹又加了一勺。妹妹这才满意地点了点头。

　　好容易妹妹消停了一些，妈妈正准备拿起筷子吃饭，可这时爸爸又说了一句："面有一点淡。"爸爸刚要起身去厨房，妈妈已经把盐拿到了他的面前。爸爸心疼地说："谢谢！赶紧吃饭吧！"看着忙碌的妈妈，我一不小心将筷子掉在了地上。如果在往常，我肯定会对妈妈说："妈，顺便拿一双筷子，我的筷子掉在地上了。"可是现在，我不忍心再让她这么忙碌了，自己的事情自己做吧，我多么希望妈妈能热乎乎地把饭吃完啊！

　　饭桌上每一个不经意间的动作，满满的都是浓浓的母爱。妈妈，您的孩子长大了，您也歇一歇，让孩子来照顾您吧！

（指导教师：赵婷雁）

简 单 爱

徐好好

"妈，我回来了，开饭了没啊？再不开饭我就饿死了！"放学回到家，我一屁股坐到沙发上，有气无力地嚷着。

"别吵！别吵！"我六岁的弟弟急忙捂住我的嘴，"对了，姐，我跟你说，爸爸今天不知道为什么回家特别早，和妈妈在房间不知道在干什么，我们要不要去看看？"

"你小子跟谁学的，疑神疑鬼的，嘻嘻，不过老姐我正好有兴趣，走，去看看。"于是，我们蹑手蹑脚地来到房门外，轻推房门，露出一条门缝，我们一上一下挤在缝中"偷窥"。

只见老爸手里拿着一个长长的红盒子，在对妈妈说着什么；妈妈脸上显出淡淡的红晕。我伸"长"了耳朵，依然听不见他说什么，搞得我很郁闷。老爸把那个红盒子轻轻地打开，从里面拿出一条金灿灿的项链，下面有一个"心"形的吊坠，坠子中间镶嵌着一朵小花，显得十分可爱。"没想到，老爸也会搞浪漫。"我暗笑。

此时，爸爸示意妈妈转身。妈妈慢慢地转过身，低下头，爸爸把项链戴在妈妈的脖颈上。他的动作笨拙得让我差点笑出声来，但眼神中分明写满了爱意……

突然，弟弟推开门，冲到爸爸面前："爸，你什么时候也给我买条链子啊！我的小白（我家一个小猫叫小白）总是乱跑，我要把它拴起来才行啊！"我一下子"晕倒"在地，"弟弟，你太'雷'人啦！爸爸妈妈，对不起，我们只是路过，他是路人甲，我是路人乙，我们什么也没有看见，你们继续，继续！"说完，我便拉着还有点迷茫的小弟出来了。

小弟气愤地说："姐姐，你拉我干吗，我要链子拴小白呢，都被你……"

"你还好意思说，你坏了爸爸妈妈的好事还有理……"我打断他的话，说道。

这时，爸妈从房间出来了，妈妈脸上的红晕更深了。

"吃饭啦，吃饭啦，爸爸、妈妈、弟弟咱们吃饭啦！"我带头"奋斗"。

"我想就这样牵着你的手不放开，爱可不可以简简单单没有伤害，你靠着我的肩膀……"听着周杰伦的《简单爱》，感受着"爱"的味道——母爱是温暖的，父爱是踏实的，友爱是真挚的；而夫妻之间的爱虽然简单，但它随着时间的流逝渐渐发酵，酝酿着醉人的香。

——这就是生活。

(指导老师：周龙成)

第七部分

丹顶鹤的悲歌

　　在一个宁静的夜晚，徜徉于郊外沾满了露珠的草地上，闻着青草与泥土的芬芳，望着那美丽的星空，好似听到了星的呢喃。人醉了，心也跟着醉了。

——张紫琦《星夜遐想》

云

李子山

仰望天空，有一种美的享受，因为有了云。

云是那样的多姿多彩，是那样变化莫测。因为有了云，空旷的天空变得充实生动；因为有了云，广袤的大地才生机无限；因为有了云，沉睡的山川才有了流动的韵味。

爱云不需要理由。

我喜爱云，就像喜爱自己一样。喜欢它那变幻的色彩，喜爱它那无限的创意。望着云，打开你的思维，敞开你的心扉，让想象力迸发出来，你会发现，云可以变成一切事物。

像画，像诗……

云拥有它那独有的大胆，特别的嚣张，将所包含的生物、气息抽象之后再次释放——像画；云拥有它那奇妙的构思，完美的境界，将周围环境迅速美化——像诗……

云所像的事物，在每个人眼中都是不同的，一千个人看云，大概有一千种感觉吧！

今晚，太阳西落，云幻化成许多种颜色，天空变得异常美丽，而不是晌午的那种蔚蓝了，紫的、金的、橙的……这时你再次仰望天空，眼前的景色不再是画、诗了，而是一种比画、诗更加梦幻的境界——天空的姿态不知道有多美，不明白有多深；大地的脊梁看不清有多宽、不晓得有多高。

在水边看云更好看。上下起伏的水纹，泛着金灿灿的阳光，波光粼粼，衬托着梦幻的背景，鸟儿从水上飞过，鱼儿从水中跃出，这些足以让你心情舒畅了。它们就是在那一刹那，将凝固的空气激活，将平静的水面打破。

阴天观云，又是一种意境。云从幽静的地方跑了出来，将大地笼罩，于是空间中所有物体的光辉都被云雾吞没而归于静默。在这片静默中神气得以凝聚，万物得以协调，生息得以组合，世界得以互动。

我爱云，爱她的洁白，爱她无限的创意，爱她团结的精神，爱她所代表的希望……

朋友，你能克制住自己不爱云吗？

（指导教师：岂润明）

第七部分　丹顶鹤的悲歌

月　趣

牛　骋

自从发现了你的魅力，我便那么喜欢与你交往，与你谈心，陶醉在你的魅力中，开始想做你的朋友。

月亮啊！不知道你可知否？可否愿意？

明月，皓月，满月，弯月，残月，云中月，水里月，翡翠月，琼琚（jū）月，琉璃月……你看，你总是那么灵动，那么多姿。"月上西楼，谈笑看吴钩。"似乎在向我展示着你多变的美，你梦幻的美。而我也被你的皎洁迷住，就像迷醉在流光溢彩的瑰丽世界中，轻易不肯出来。我的月亮朋友啊，为何你这般吸引我的心神呢？

每当我生气时，总喜欢一个人静静地看着天宇中的你。你是那么的宁静啊！总是把柔柔的月光轻轻铺洒在大地上，让一切沐浴你的爱。你是那么的宽广，那么的博爱。正是你广博的胸怀影响了我，我试着去理解，试着去包容。想着你，心里总会有启迪，有收获。

欣喜若狂的时候，总会找人分享喜悦。古有李白将月化人，共享心中之喜，"天地其碌碌，明月知我心。"我发现，你是一个多么知心的倾听者呀！我也喜欢将喜悦与你分享。每次用心地听完，你总会放出几颗一闪一闪的星星，像是在回应我说的话，在向我表达你的快乐。一直微笑着的你，总是显出几分理智，将我的得意忘形化去。余下的，只有和你一样的静谧美好，一样的淡然若水。就像一剂良药，轻轻滋润心扉，又像一位悬壶济世的医者，圣洁而崇高。你教给我：败而不馁，胜而不骄，这是做人的一种境界。我学会了冷静，学会了淡然，不再那么咄咄逼人，不再那么肤浅急躁。

你的魅力不止使我一个人折服，千百年来世人对你的仰望，早已凝结成了历史的一页。你就这样一直看着，看着。看人世间的兴衰更迭；看自然界的沧海桑田。从你身上，我找到了历史的凝重。可不是嘛，赤壁前曹孟德一句霸气四溢的"明明如月，何时可掇？"引来了千年后苏东坡望月怀远"明月几时有？把酒问青天"。你早已跨越时间与空间，化身在李太白、柳永这些你的朋友们的心中，贯穿古今。这就是属于你的独特魅力，深深吸引着我。

做你的朋友，在闲暇安逸时，泡一壶香茗，与你悠然同乐，畅谈天地，岂不快哉？

（指导教师：尚丹）

第七部分　丹顶鹤的悲歌

丹顶鹤的悲歌

范 婧

爱，似那春天的温情，似那夏日的浓荫。冥冥中，爱落下了她美丽的足迹……

在一片悠然笔直的芦苇篷旁，洋溢着一位小女孩天真烂漫的笑声，流动着她那蝴蝶般的倩影……

那是一个秋日的早晨，小女孩来到了芦苇篷旁，嬉戏、奔跑。虽说是独自一人，但她并不寂寞，她喜欢望着芦苇中那一只只无拘无束的丹顶鹤。它们似乎是一群天仙，披着洁白的薄纱，细长的腿也总是单立着，幽雅素朴。女孩愿与它们为友，诉说心声。

芦苇随着丝丝轻柔的风拂动着，发出一阵悦耳的"沙沙……"声，在晴空的陪伴下显得更加和谐。女孩被此景象陶醉了。然而，从芦苇深处传来的叫声，打断了女孩的思绪，她惊异极了，赶紧顺着声音走近了芦苇篷。女孩扒开离岸较近的芦苇，踮着脚，四处张望了良久。就在不远处，一只丹顶鹤正在沼泽中拼命地挣扎。看样子，该是被沼泽中的腐烂枝条绊住了。女孩深深地望着丹顶鹤，满怀同情，一心想将这可怜的丹顶鹤救出困境。女孩向前走了两步，提起一只脚往沼泽中试探了一下，似乎很难，一片沼泽无从落脚。女孩犹豫不决，思索了半晌。女孩扶着芦苇，小心翼翼地向前再移动了几步，随之伸出她那纤细的手，慢慢地向丹顶鹤靠近。女孩倾斜着身子，渐渐地，抓住了丹顶鹤的腿。同时，她依然努力地不断向前靠近着，轻轻地将缠着丹顶鹤的枯枝烂叶解开……

丹顶鹤得以自由，扑翅而翔，在空中来回盘旋着。女孩笑了，虽然说是紧张得出了身冷汗，但她知道，她挽救了一条美丽的生命。就在这一刹那，女孩隐约感到自己的身子在下沉，恐惧感在她心里逐渐浮现。女孩竭尽全力希望得到解脱，但她无能为力，反而越陷越深，她屏住呼吸，不敢再动弹，为了控制下沉的速度，女孩只能这么做。求救呢？这几乎是不可能的，附近根本没有任何人。女孩这才感到绝望。沼泽没过膝盖，没过胸口……女孩面含着微笑，消失在沉静的沼泽中……

只有白云为她落泪，只有风儿为她诉说……那只曾被女孩救过的丹顶鹤唱起悲歌展翅飞过……

（指导教师：毛雨初）

蓝 玫 瑰

邢应柯

海之恋

这是大海的早晨，初升的太阳为云朵镶了金边，海鸥翱翔，时而冲向云霄，时而划过水面，水面荡起的涟漪和海浪一层叠一层的波纹，反射了早晨的灿烂，波光粼粼的闪着这片蔚蓝海域亲切的问候。这些晶莹被一层一层的浪带到了柔柔的沙滩上，这里有渗透的水滴和美丽的贝壳，也都在晶莹放光。

闭上眼睛，感受海风的气息，它夹杂着海的清凉拂过你的脸颊，脑海中浮过舞动的蓝的场景，仿佛整片海洋跳动起来，充满生机，伸手去触摸，它的温柔则会从你纤细的五指间划过，缠绕着你，包围着你。蹲下来去捧一捧海水，直接去感受这种清凉的温柔，它是透明无色的，你抬头远眺，看到的却是一片蔚蓝，在这片蔚蓝中，存在了多少神秘，它还有多少未知呢？当太阳到了头顶之时，远处已经看不到云彩了，浅蓝蓝的天空就在这时与大海相接，融入其中。

我陶醉在不同时间相同地点的美景中，看着这片神奇的领域，我幻想有一天在海边用棕榈编织成小屋，一直看着它，看着这片充满爱的蔚蓝，它不会有海啸，因为这不是海的色彩与晶莹。我仿佛做了一个梦，在海边感受了这一切，激发了我对大海的向往，我喜欢它的神秘，喜欢蓝色，喜欢平静，喜欢悦动的生机，倾耳聆听，还有那海的歌谣，是欢快的。我随着悠扬的乐曲，从沙滩飘向远方，飘向水天相接的地方，海风给我助力，让我更接近另一片蔚蓝，我将与海鸥一起飞翔。

星空之恋

蓝色的天空绽放着花朵，我从海上过来，坐在新的一片蓝中，这里的颜色更加至纯，但这不是我想要的，不是我想看见的，我在等待，在又一个睡梦中等待星空的呼唤，

夜，升起的是月亮，下面的生机酣然入睡，我抬头仰望，这里有更美的，这里雀跃着，这是我想看到的。深蓝的夜空中，金黄的满月散发着悠悠温柔的光，总怕惊醒大地的生灵，闪烁的星星遍布天际，点缀着漆黑的夜晚，就是它们在呼唤我。每当春天来临，看那夜晚的头顶，有我最爱的七颗钻石，他们是那么明亮，曾经给多少迷失的人带来新的希望，七颗钻石也有森林的味道，因为那里是它们的故乡。顺着这七颗闪耀的星星组成的勺柄向东北方向望去，更亮的一颗名叫大角的星星也不失约地出现在我的梦中，我曾向它许愿，希望得到幸福，他总俏皮地眨眨眼睛，仿佛在说：你自己也要加油啊！我也会莞尔一笑，告诉他我会努力的，因为这里满满的都是爱，这里是我梦想的源地。

当然还有那北极星，狮子座的直角三角形和美丽的新年花环，我会兴奋于与它们邂逅的那一刻，它们构成了我头顶的这片夜空。我的心灵仿佛被净化了，在高空中也能闻到清香，弥漫我的心房。以天为幕，以云为席，我哼着《小星星》静静地看着幽蓝幽蓝的夜空，也把我的爱分给这一片蓝中，让闪光记录幸福，让深邃隐匿忧伤，我不会怕次日的艳阳灼伤，因为这不是真正的天空，它只是我幸福的梦。

蓝玫瑰

我偶然在一个清晨看到了一束蓝玫瑰，它有着蓝宝石般的神秘，美丽，动人。我的脚步越来越慢，直到停下。我聚精会神地盯着它看，思绪则摒弃了杂念，随之飞到了浩瀚的海洋，清晨的露珠依附在它那颜色纯正的花瓣

上，就像海洋上的点点亮光。我闭上眼睛幻想着，一阵微风吹来，我美好的幻想似乎只是南柯一梦，但我依旧沉醉其中，当我再次看着它时，我又觉得它像广阔无垠的夜空，楚楚动人，银色的露珠点缀着就像点点星稀，淡淡的香味儿让我又充满了遐想。

我穿梭在云间，在夜晚寻梦，寻找我的爱。

这是我见过的最美的蓝玫瑰，它不是我们熟悉的蓝色妖姬，它不是用白玫瑰或白月季人工去染成的，因为我知道这种比海的蓝更深邃，比夜空的蓝更温柔的蓝色绝非替代品可以比拟的，这悠悠清香也绝非人工可以制造出来的，我确信它就是纯正的蓝玫瑰。它的花瓣饱满厚实，看上去水灵灵的，充满生机，越往里一层意境就越深刻。我爱蓝色，更喜欢这种颜色的玫瑰，它代表着奇迹，总会散发光芒的奇迹，它代表宽容，像天空与海一样延伸，它也代表着美好的回忆，让我们在回忆中珍藏幸福。现在，我正在幻想，正陶醉在无限的幸福中，伴着心灵的乐曲我缩小到花瓣里，被深蓝包围，被香包围，被这充满爱的蓝玫瑰包围。

今天，我已准备好了，带着爱与幸福出发，海洋，夜空，蓝玫瑰，带我追寻梦想与奇迹。

（指导教师：任云峰）

星夜遐想

张紫琦

天渐渐地暗了下来，大地仿佛罩上了一层薄薄的黑纱。星星像孩子一般调皮地跳了出来，不停地眨着眼睛，把天空点缀得别样美丽。

结束了一天的喧嚣，夜空慢慢地沉静下来，好像一位清纯而又害羞的少女，乌黑的头发缀满了耀眼的珍珠。我十分喜爱这样的夜空。爱她的美丽，爱她的深沉，爱她的神秘，她总是能引发我许多美丽的想象。闭上眼睛这样想：在一个宁静的夜晚，徜徉于郊外沾满了露珠的草地上，闻着青草与泥土的芬芳，望着那美丽的星空，好似听到了星的呢喃。人醉了，心也跟着醉了。

不由得想起了安徒生的童话故事——《卖火柴的小女孩》，文中说天上每掉下一颗星，就代表一个生命的结束。在圣诞前夜，一颗星在空中划过一道美丽的弧线，小女孩的灵魂便升入了天堂，在那里她得到了永恒的幸福。安徒生赋予了星星太多的神秘色彩，他将星星化作了一个个圣洁的灵魂，也将穷苦人民对美好生活的期望寄托给了星星。我真希望那个小女孩能够再次出现在这天幕上，变成一颗明亮的星星，静静地注视着人间的一切。

看着那缥缈而又闪烁不定的星辰，我又想起了牛郎织女那凄婉的爱情故事，想起了横在他们中间的那条不可逾越的天河。二人隔河相望，苦苦等待着一年中最幸福的时刻。记得郭沫若曾在诗中把他们的生活描绘得那么美满幸福，他们甚至能够在晚饭后，提着灯笼在街上闲游。这当然只是郭老大胆而浪漫的想象！当时黑暗动乱的社会使他找不到一个可以停泊幸福的港湾，他便只好把美好的憧憬寄托在虚无缥缈的故事上，寄托在那若隐若现的星空中。

我多么渴望能够看到流星雨，看到它们划破夜空时的璀璨。那时，我心里定会许下一个心愿：愿人间永远这般幸福美满。

（指导教师：冀玮）

秋 叶

王江晨

傍晚，我漫步在林荫道上，一片片秋叶从身边飘过。

枫叶、银杏叶、玉兰树叶舞动着婀娜的身姿，接二连三地从树上缓缓飘下，开始了它们新的历程。

秋天的枫叶与众不同。它用那胭脂般的醉红，火一样炽热的情状，抒写着对秋的喜爱。站在高处，遥望枫树林，枫叶在秋风的吹拂下来回摇摆，像大海的波涛，层层涌上山顶，景色美不胜收。走在枫叶织成的树海中，别有一番情趣，茂密的枫叶挡住了刺眼的阳光，只有树叶的缝隙间泻下几缕金色的阳光，像在红色的天花板上开了几盏小灯，照着我脚下的小路。

往前走，我看到了随风飘舞的银杏叶。秋天，银杏树的枝头挂满了白色的果实，这是它们成熟与收获的季节。可是那一簇簇微微泛黄的银杏叶，在献出了自己的青春后，却要与它们的母亲说"再见"了。它们像一个个孩子的手掌，也像是鸟儿张开的翅膀。秋风吹来，树叶来回飘动，似乎在向人们招手，又好像是一把把小扇子，在为大树妈妈扇去阵阵凉风，扇去她的忧愁和烦恼。这时，你可以轻轻摘下一片叶子，夹在你的书里，只要一打开书，就会飘出一阵淡淡的清香。

还没有走到银杏树的尽头，我已经嗅到了玉兰花的芳香，看到了它洁白的花朵。也许你只会注意那芬芳四溢的花朵，却忽略了她的叶子。秋天，玉兰树叶辛勤地忙完了所有的工作后，它的生命也将走到尽头。枯黄的玉兰叶在秋风的送别下，飘飘悠悠地落在大树的脚下，它静静地躺在大树妈妈的身旁，生之于大树，死后也归于大树，更为后来的新生命提供了充足的营养。我想起了一句诗："落红不是无情物，化作春泥更护花。"

……

长长的林荫道上，我看到了各种打旋儿飘落的叶子，不由地伸开手掌想把它们一片片接住。我久久地凝视着：那一根根参差的叶脉，闪映着落霞的光彩，织出一匹红色的丝绸，红得那样浓艳，却又不失纯朴、自然……真希望它们还留在树上，永不凋落。

但它们终究还是会凋落。

它们落了，落得无愧于泥土，无愧于大树，无愧于阳光。

秋叶，永不衰老。它同大地、草木一起，完成了大自然赋予自己的使命后，又去不断地酝酿出新的万紫千红的春色来。

我赞美秋叶，它们是不老的象征。

（指导教师：项生）

113

一米阳光

李心珺

　　那是一个曾经被遗忘的纳西王国。那是一座至今无人登顶的神秘之山。那是一场荡涤灵魂的旅程。

　　看到云南玉龙雪山的第一眼，我被震撼了。远远望去，那皑皑的白雪，银雕玉塑般的千年冰峰，仿佛要刺破蓝天，气势非凡。

　　乘上缆车，窗外云缠雾裹，使玉龙雪山乍隐乍现，有着"犹抱琵琶半遮面"的神态，影影绰绰，令人陶醉。正在半梦半醒之间，已到了扇子陡景区。扇子陡，玉龙雪山主峰，也称白雪山。据说，当你攀登上山峰看它时，它就像一把展开的白绫折扇，扇子陡便得名于此。急于想一睹此山的真面目，缆车刚停下，我便冲出缆车，却感受到了骤然袭来的寒意。放眼望去，四周雾霭蒙蒙，白茫茫的一片，只可依稀看见不远处的雪山，好似在与人捉迷藏。脚下踩的，是积满雪水的岩石，举步维艰。仰起头，原想领略一番高处的美景，却不想，越是往上，雾气越是浓重，但也别有一番意境。

　　恍惚间，我听到了少数民族嘹亮的山歌，那是纳西族人对神灵庄严而神圣的祈福。玉龙雪山是纳西族及丽江各民族心目中的一座神圣的山。他们认为，从这里可通向丰衣足食、没有任何烦恼的极乐世界——"玉龙第三国"。这里还流传着一个美丽动人的传说：玉龙雪山云雾缭绕，雪山一侧终年不见阳光，只有在夏秋时节，神灵才会赐予这个最接近天的地方一米长的、却也是最灿烂的阳光。传说，被这一米阳光照到的人就会拥有一生的幸福。

　　这时，只听不知是谁兴奋地叫道："看，太阳出来了！"只见阴郁的浓雾逐渐散去，天边射下一束阳光映照在冰雪之上，宁静壮美。人们纷纷把手伸进那缕小小的阳光里，脸上溢满了幸福的笑容。我捧起手心里的阳光，想到那个美丽的传说，不禁感慨万分。我想，对于一个人来说，真正灿烂终生难忘的美好一闪即逝，正如这"一米阳光"般短暂。有时，一辈子无法成就的永恒，或许在某一点便凝成；一辈子无法拥有的灿烂，或许只在那一米之内。可是，错过了便是错过了。我不愿错过，不愿错过与玉龙雪山之间短暂而美好的回忆。我把阳光紧紧地攥在手心里。

不一会，阳光又被云雾遮挡住，天空开始下起淅淅沥沥的小雨。我们观看了在雪山上纳西族的祈福仪式。双手合十，目光辽远，向着春天的方向。展开双臂，许下心中的愿望——希望再次来到玉龙雪山！

雨声混杂着马蹄声渐渐远去，歌声和叫喊声依然在雪山和天地间回荡，那些泥土和汗水的味道萦绕在记忆里，那些心灵的震荡让人时时怀念起这块有血有肉的土地。

这是属于我的回忆，这是属于我的玉龙雪山……

(指导教师：李庭庭)

115

第七部分 丹顶鹤的悲歌

明在心间

安一多

夜半，未眠。躺在床上透过阳台望出去，只看到深灰色的天和一弯上弦月，除此之外别无他物，偌大的天空空旷而寂寥。月亮的光弱极了，只有一层淡淡的光圈在周围，也仅仅照亮了天空的一个小角，像山里的老人兀自守着一盏小灯，分外孤独。

想必它也寂寞。那些星星呢，躲到我看不见的地方去了吧；那些云朵呢，四散飘向别的去处了吧。只留那月亮点缀似的挂在天边。

常说月是故乡明，而今我便在故乡，那月没有清冽的光辉，没有圆满的完美，更没有平日众星捧月的热闹。何来的"明"？却只见"永夜月同孤"。那一刻的心境，真是无比落寞。

之后迷迷糊糊快睡着时，翻身又看到那月亮，依旧是不明不暗的。但月下的每一物，却都漫在一种银色的柔光中，在黑色的天幕下变得熠熠生辉，梦幻迷人。那样奇美的景色我未曾见过，睡意顿消，翻身下床欣然去观赏。

与广袤的天空相比，那弯月亮简直微不足道。可尽管它渺小卑微，尽管那黑暗要吞噬一切，尽管它的光芒毫不耀眼甚至有些暗淡，但它依然亮着，执着地亮着，向万物撒下清辉。似一朵盛开在淤泥里的白莲，孤芳自赏，虽不光彩照人，但也有自身的纯净皎洁。最令人倾心的是它不被黑暗所湮灭，以自己的微光照亮别物，也给大地一片温柔。

不知怎么的，那光亮似乎渐渐变得强烈了，像一把利剑挑开了黑暗。方才明白，故乡的月，不明在天上，原来明在心间。

（指导教师：黄冬梅）

山间漫步

王楚楠

这是一座无名的小山。

四面的景色很平淡，它没有城市的灯红酒绿繁华热闹，也没有花园的五彩缤纷香气弥漫。这里仅有的是一些已经憔悴的草，叶片泛黄的树，略显浑浊的小水塘和正开得灿烂的小野菊。我不是个喜欢热闹的人，这里安静单纯的景致叫我心旷神怡，自由惬意。

我想能够在这里散步或闲逛，是一件很享受的事，何况我现在也正是这样做的！

又是一个下午。我穿一身舒适的休闲服，慢悠悠地走着。那红红的并不刺眼的太阳萦绕着这座小山，并从干枯的树叶中间挤出，抚摩着我的脸，似母亲的手，柔软而温暖。秋天的风本是凌厉尖锐的，但此刻却无限温柔，轻轻抚过我的发丝。我踩着漫过脚的草，它们发出了细微的声响。哦！不好意思，是我踩痛了你们吗？野菊在一旁偷笑着，那白色的裙摆随风舞动着，如邻家的小姑娘，天真可爱。山上的树不高，不像城市里那些高大却有些狰狞的树。虽然没有嫩绿的叶芽，但我依然觉得它们是那样亲切，或许是因为它们贴近自然吧。其实人与自然本身就有着如婴孩与母亲之间的血脉联系。水塘咕噜咕噜翻腾着水泡，一串连着一串，透过光看去，竟然晶莹剔透，没有了先前的浑浊。

此时，我站稳了脚跟，闭上眼睛，做了一个深呼吸，嗅到水塘旁边那些潮湿泥土的味道，还有那浓浓的属于自然的气息。这景致无论从视觉还是嗅觉上，都会让你有一种轻松、自由的感觉。

在山上或走，或跳，或跑，都是无所谓的。不用在乎自己的形象是否完好，行为是否端庄，言谈是否得体，这些日常生活中应做的礼节在大自然的面前是种做作的表现。给自己一片自由的天空，让自己做个美丽的梦。可以静静地回忆过去，能够自由地遐想未来。在这里，放开烦恼，让自己的身心得到真正的解脱。秋风浮过，把忧愁一抹而去，把心濯洗得更加干净透明。

　　我独身一人，漫步在这无名小山的路上。望着夕阳撒下的红光，和树的缝隙间的天空。我爱这黄昏之美景，爱飘摇在这人烟稀少的小路上，但最爱的还是自然给予我的独一无二的享受……

（指导教师：萧明光）

润物细无声

郝婧涵

蔷薇带着一抹自信而纯洁的笑容攀缘在墙头，那柔得让人心头发亮的绿在公园中尽情舒展开来。婉转的，是布谷鸟的轻啼；沁人的，是一缕淡紫色的花香……而这一切的缔造者，轻得只能让我们听见她匆匆的脚步。

静静地，静静地，她来了。一棵高树上的芽儿最先感知它的呼吸。她母亲般温柔的手抚摸着大地孩子的睡颜，奇迹便从这一刻开始，大地被一位仙女的魔棒点醒了。

"沙沙"声早已不能比拟出她天使般的歌喉，她一边唱着歌一边跳着一种极为轻盈的舞。她的舞裙是晶莹的，她的舞鞋是晶莹的，连她的容颜也是晶莹的。她用那颗晶莹剔透的心，让每一个被她足尖点到的生灵，都与她欢腾起来。于是，在这个世界里，她的价值得到了最充分的发挥，她没有计较过什么，她只知道，她把自己的大爱献与万物，就心满意足了。

静静地，静静地，她即将离去。每落下一滴雨便消逝了一分的生命，千万滴雨的落下更加速了她生命的结束。她含笑而去，无怨无悔，因为她的灵魂已嵌入了那些美好的生灵中。

远远地听见，有诗人乘舟在夜色中轻吟："好雨知时节，当春乃发生。随风潜入夜，润物细无声。"

一场好雨，即是一次默默无闻的奉献。每个人，只要献出一滴无声的爱，便会滋润整个世界。

（指导教师：郑凌燕）

119

第七部分　丹顶鹤的悲歌

听雨的乐趣

李晓菲

春华秋实，夏雨冬雪，和风煦日，闪电雷鸣……这些都是我们常见的自然现象。

而在我看来，雨是自然界中的精品，是美妙的精灵！

我是爱雨的，尤其爱听雨。

春雨是文静的，悄无声息地飘落大地，诗圣杜甫有诗曰："好雨知时节，当春乃发生。随风潜入夜，润物细无声。"在这样的春夜里，什么事也不要做，捧一杯香茗，啜一口热茶，闭上眼睛，脑海里顿时浮现出这样的图画：大地是一张上好的宣纸，春雨是一支饱蘸了绿意的画笔，只需轻轻一点，那绿便洇开去，洇开去……伴着雨点落地，禾苗出土的声音，一曲优雅的《春江花月夜》便在心头悄然响起了。

夏天的雨可没有那么好脾气，它像顽皮的孩子，趁你不注意，它就一路蹦跳着，嬉闹着，下来了，它噼里啪啦地敲打着一切能够打响的东西，然后咚咚地落在你的玻璃窗前，好像在提醒：注意，一首精彩的重摇滚演奏已经拉开了序幕。为了把演出场地照亮，时不时地闪电也来凑凑热闹，那一瞬间，黑夜如白昼，你会看到成千上万的演奏家有条不紊地"演奏"着各自的乐谱音符，没等你回过神来，一个接一个的闷雷从远处滚滚而至，赶来演奏这最杰出的乐章！整个夏夜，你便可以和碧梧翠竹一同陶醉在这惊心动魄的音符里，第二天，说不定还会依稀记得昨夜风疏雨骤，大气磅礴的场面！

秋，历来被人们誉为金秋。秋风，也理所当然地被誉为金风，那我们就把秋雨称为金雨吧！在听着金雨的时候，似乎一切都变得沉默了，安静了。如果说金秋是一幅色彩浓重的油画，而金雨则是画家手下陪衬天空最具魅力的背景，从这金色雨声中，仿佛听到了一个个新生命的啼哭，听到了庆丰收的锣鼓声；在金雨下，农民丰收了稻谷，老师丰收了希望，而我们的丰收更是言之不尽。

冬在人们的印象中是冷酷无情的，而冬雨则是温和敦厚的。它不慌不忙地飘落，融化着积雪残冰；它不紧不慢地降临，准备着春的到来。你听听窗外冬雨的声音，分明是春之歌的前奏，你怡然进入梦乡后，冬雨就会在屋檐下留一个美梦给你：春天快到了！

这就是四季的雨，这就是雨的声音，倾听了这些精灵带给你的天籁之音，你便会拥有一颗最纯真、最美好的心灵！

爱上听雨吧，尽情地享受它带给你的无穷乐趣吧！

（指导教师：范瑞麟）

第七部分　丹顶鹤的悲歌

第八部分

相视的那个微笑

　　一个阳光灿烂的午后，轻啜杯中微涩的香茗，随意地翻动掌中微微泛黄的轻盈纸张，耳边传来快乐或悲伤的乐曲。累了的话，再抬起头感受阳光轻柔地抚过我的脸颊，细腻得如亲吻，带来令人愉悦的温度。

　　　　　　　　　　　　　　——征咪《那些我爱的美丽》

天堂之岛

田 然

当我们来到这个世界上，上帝给了我们许多爱，这其中，有大爱，有小爱，我们因爱而生，也许会在爱中死去，这些爱，是我们在人世最美好的记忆，这些爱，留下了许多美丽的故事。

——题记

有个充满爱的地方叫天堂岛

2011年3月11日，日本，这时，青梅竹马的两个孩子正在家里玩耍，突然间，地动山摇，整个日本都震撼了，这不是怪兽来了，而是大地震，没有奥特曼会保护的，很快，整个家都塌陷下去，东西都摔碎在地上，两个孩子吓得抱在一起，"快走！快走！"年迈的奶奶从房里挣扎着爬出来，用自己的身体支撑着门框，"奶奶，怎么办？""快走啊，你们一定要好好地活下去！奶奶已经老了……"老人使出最后一丝力气，把两个孩子推了出去，瞬间，房子好像再也坚持不了的受伤的野兽，轰然倒地。

"奶奶！"这声音，在大地的嘶吼中显得是多么微弱，被风一吹，就不知飘到哪里了。男孩子很快从悲伤里清醒过来，"栀子，快走！我们，一定要活下去！"

"快跑啊，海啸来了！快跑！"回头一看，昔日里安静可爱的浪花露出了狰狞的爪牙，越过海岸，压向房屋，朝人群扑来了！无助的人群里，很快骚动起来，两个小孩子，紧紧拉着对方的手，栀子的眼泪流下来：宗介！无言中看着对方，不会松手，绝对不会放手，我们只有彼此了！

小小的两个孩子，被人群挤着，推向这边、那边。"快！团结起来，不要慌，让妇女和孩子先安全逃走！"几个男人，此刻，成了一片天，"孩子，你们快走！"一双有力的大手把他们托起来，"快！传下去！"两个孩子，被托在一双双有力的大手里，在一声声撕心裂肺的"传下去"的吼声里，在滂沱的大雨里，在不断像潮水般涌向高地的人群上，成了两个宝贝的接力棒，传着，传着，带着温暖向前传着……孩子，此刻是最应活下去的生命！

　　雨还在下着，似乎永远也不会停，为死去的人们哭着，天的眼泪，又冲走了许多人。站在大坝上的人们，哭着，看着昔日美好的家园，在眼前就这样毁掉，毁掉。"嘭！"一团大火烧了起来，"是核！核爆炸了！"堵也堵不住的辐射，笼罩了这里的天空，肆意地钻进人们的身体里。

　　许多人涌进了避难所，那里的人们很快成了一家人，分吃的，互相帮忙，或许，有时还一起聊一聊，聊聊伤心，聊聊过去，这里很安全，很可靠。空气中，多了一种团结，一种爱的味道，一起经历苦难，就要一起活下去！墙角，几个凑起来的被子里，安恬地睡着那两个孩子。或许，梦中，还是那个美丽的家，奶奶，还是慈爱地坐在那里，未来，像海一样蔚蓝，闪耀在远方……

　　这个故事虽然是我自己幻想的，但是我相信灾难中一定有爱的故事。

　　灾难中的人们永远不会死，因为人类是爱创造的，我们因爱而生，那些人们，只是睡过去，安静地睡着了。明天，当天空放晴了，太阳再次升起，大家会一起坐着"青鸟"，回到那个美丽的日本，回到那个叫"天堂岛"的家，再也，再也不会死去。

　　灾难中，我们只有一种亘古不变的语言，它，就是爱！

爱在天空之城永生

　　日本的动漫总是很好看，最喜欢的是宫崎骏的《天空之城》。人类的战争，高科技，把地球伤得一身疤痕，故事由高科技城拉普达的公主希达所坐的飞艇遭到空中海盗的袭击开始，争斗中希达从万米高空的飞艇上跌落下来，传家之宝飞行石将她缓缓降下，一个叫巴斯的少年救了她，两个人成了朋友，得知巴斯的父亲曾拍到一张自己家乡天空之城的照片，希达惊奇极了。两个人在敌人的追杀中历经千险，彼此爱上了对方，最终找到了天空之城，原来，它是一棵漂浮在空中的巨大的树，最后两个人以毁掉一切为代价的口号——"拉普达"战胜了贪婪的侵略者，天空之城拉普达缓缓飘向未知的世界……

最让人难忘的是岛上的美丽，那里纯净，到处是绿色的不知名的植物，阳光灿烂，衷心守卫家园的机器人们，在无言中，等了王室八百年，只有一个机器人会动，生锈的那些机器人们，静静地站在那里，与大地融为一体，可爱的小动物们，在他们身上安家。当巴斯和希达乘小飞行船着陆时，机器人带着生锈的摩擦声走过来，两个人都怕极了，以为他要伤害自己时，机器人只轻轻地把小飞船拿起来，小飞船下，有三只未孵化的鸟蛋……

法国的拉姆特在《信徒的话》一书中说："爱，有如花冠上的露珠，只会逗留在清纯的灵魂里。"机器人，有着清纯的灵魂，它要保护这里的一切，哪怕是小小的鸟蛋，这种和平，是我们生活的憧憬。也许，当拉普达人终于使自己的城堡浮上天空，使大树之根游离于土壤的时候，他们还沾沾自喜于自己扭转乾坤的力量，还沉醉于飞翔于云端的快乐，还洋洋自得于对自然的控制和对大地的俯视。不过，当天空之城越飞越高，自身文明越来越发达的时候，他们终于通过不断的自省，悟到了自己的文明只有在代表着自然的大树的荫护下才能生存发展，正是大自然给了拉普达文明以生命力。于是，他们毅然放弃了那些现代人类梦寐以求的东西，褪去了拉普达文明浮华的外衣，让它如初生的婴儿一样，以最本真的状态重新投入到大自然母亲的怀抱中。

我们的中国，我们的世界，就是这样的啊，文明的物质生活，不是可笑的全部。我们的精神文明，是否还沉睡在那深入地下的泥土里？我们为了高科技，工业发展，付出的是环境！是环境！是只有一个的地球环境！我们的"爱"，在除四害里，在杀害鲸鱼里，在吃大鱼大肉里，在疯狂地砍树里，在做皮大衣里，在无休止的屠杀里……真是伟大的无处不在啊！可看到，动

126

物的眼泪正反射着我们灭亡的结局，就连一点点小爱也不肯给，不怕有人站起来说灭亡口号"拉普达"吗？不怕它有一天会毁灭吗？我们的"天空之城"也很脆弱啊，有一天，在梦中，一切都化为了乌有，这个梦，永远不会醒来……

我只记得，金黄的麦田里，稻草人唱着歌，小鸟飞着，小男孩小女孩拉着手，蹦着跳着，远处，风车骨碌碌地转着,不知从哪里传来了歌声，那里是天空之城，爱在那里永生……

（指导教师：李建军）

爱的三部曲

张振宁

爱是什么？
——爱是一曲令人动容的歌！

爱在烧

这个夏天，一部《唐山大地震》感动了亿万中国人的心。这个中国人心中永远的痛，又一次勾起了我们对爱的理解。

这一家人原本很幸福，方登、方达两个孩子，带给了小两口无尽的快乐，但一场大地震剥夺了他们的幸福。女主人公的丈夫为了救孩子被压在了废墟里，而两个孩子又被同时压在了一块水泥板下，面对只能救一个的危急情况，她不得不含泪做出救儿子的决定，因为儿子更小。结果救出的儿子失去了一只胳膊，而被无奈抛弃的女儿却奇迹般的生还了，而且被别人收养着。

十几年里，她对女儿的思念从未断过，同时对自己的谴责也从未断过。

当若干年后，她重新面对自己的女儿时，她跪下了。那深深的一跪，是她对自己心灵的救赎，是爱的忏悔，像所有的母亲一样，她把对女儿的爱看成一种责任，看成一种神圣的职责，她把自己做母亲的失职看成一种罪恶。这就是天上人间最伟大的母爱。

后来在汶川大地震的时候，儿子方达去了四川做志愿者，他把当年解放军在唐山地震中撒下的爱继续传播下去，像千千万万的志愿者一样，他的目的就是救一个，再救一个，不让当年的悲剧重演，这就是爱的力量。

一幕幕感人至深的友情、爱情、亲情在这部电影中体现得淋漓尽致，这也是导演对爱最深刻的理解。这种爱的理解也成就了《唐山大地震》这部电影在人们心中的位置。

爱在心

看着电视上那一幕幕感人至深的爱情片段，读着杂志上那一篇篇催人泪下的爱情故事，我也会问自己：究竟什么是爱情？

本以为爱情是一种轰轰烈烈的追求，《武林外传》中的郭芙蓉和吕秀才，在世外桃源看似调侃的对话，却让我感受至深。

"秀才，我已经给我们的孩子取好了名字，就叫吕郭（铝锅）。"而秀才说："为什么不叫破碗呢？"

于是，我明白，爱情有的时候很简单，不用豪华的背景，不用感天动地的诺言。在一片清净之地，畅想两个人的未来，不时地你一句，我一句互相的调侃，这就是爱情，简单充满乐趣和希望。

爱在痛

至今我还记得在春晚由一群小朋友所发出的幼稚之声："爱我你就亲亲我，爱我你就抱抱我，爱我你就陪陪我。"从这群可爱的孩子身上，我分明看到了那一双双渴求爱的眼神，清澈而又纯洁。

如今，孩子们的精神需求被各种简单的物质所取代。你是否看到过一个孩子坐在堆满玩具的屋子里发呆？你是否看到过一个孩子看到父母匆忙的身影消失在眼前所流露出的失望表情？你是否听到过一个孩子为了能和父亲吃顿饭竟用零花钱换取和父亲共进晚餐的时间？

我想对如今的父母说，爱不是金钱可以替代的，不是物质可以换取的，这种爱不再是真爱。

像孩子们说的那样，亲亲他、抱抱他，有时间陪陪他，这样的爱也许很简单，但会给孩子的心灵带来深深的影响，让他们明白被爱的幸福，他也会把这份爱传递下去，做一个懂得爱的人。

（指导教师：薛兴民）

勇敢前行

宋尚聪

灾难无情荡家园，神州大地众难眠。中华自有真情在，大爱无疆渡难关！

——题记

汶川，不哭！玉树，不哭！舟曲，不哭！十三亿中国同胞是你们坚强的后盾，五十六个民族永远是一家！

山河同悲，举国哀悼，广袤的华夏大地一次次沉浸在无比悲痛之中。汶川的山崩地裂，国人还心有余悸；玉树的地动山摇，还未远去；舟曲又洪水滔天，泥石俱下。无数鲜活的生命转瞬即逝，昔日美好的家园变成一片废墟，多少个家园不再完整。受伤的心灵在滴血，顽强的生命在挣扎，苦难的生命不曾倒下，大爱充满人间的每个角落。面对惨烈的灾难，每个中国人的面容是凝重的，泪水是苦涩的，心情是悲伤的，决心是坚定的，爱心是无私的。虽然道路不通，我们的心是相通的；虽然远离千里之遥，我们却感到近在咫尺。一方有难，八方支援！在最短的时间内，胡主席来了，温总理来了，解放军来了，白衣天使来了！从老人到孩子，从下岗职工到残疾人，从农民工到企业家，人们以强烈的爱心和责任感，竭尽所能，为灾区捐款出力！

一笔笔捐款，一批批救援物资，迅速送到了灾区人民的身边。汶川，玉树，舟曲，我们永远在一起！举国上下一同努力，一同重建家园！

这一切，都是因为爱；这一切，都是因为伟大的中华情；这一切，都是因为不变的民族魂！

面对灾难，我们无法逃避，也无法做出其他选择，只能勇敢面对！十三亿人的心交汇，交汇成爱的海洋；十三亿人的爱集结，集结成爱的暖流；

十三亿人挺起胸膛，我们彼此温暖伤痛的心灵！

是的，老天在垂青一个民族的同时也会给我们巨大的考验。汶川地震，玉树地震，舟曲洪水，震动了中国，震撼了世界，却震不垮中国人民坚强的意志！灾难的痛苦让每一个中国人发掘自己内心深藏的爱！献出我的爱，动员你的爱，我们用爱重建家园！

灾难，让中国人民坚强不屈！灾难，使中华民族更加凝聚！灾难，让所有中国人血脉相连！灾难，充分体现了中华民族的精神！这就是大爱，这就是中华情，这就是民族魂！

大爱无疆，中华不倒！无数的大爱已汇成长河，人性的光芒照耀着你我！在大爱的陪伴下，我们勇敢地前行！

（指导教师：周丽君）

131

等 待

李佩濮

　　我拿着一大摞书，焦急地等待着，总希望她的身影能出现在我的眼前。

　　可她还没来。时间一分一秒地过去，夜渐渐地降临了，柔和的路灯光洒在大街上。妈妈的叮嘱又再次在耳边回响：别回来的太晚。无奈之下，我只好怀着沉重的心情，开始慢慢地往回走。

　　我和她相识在一个非常偶然的机会。

　　一个星期六，因为要去秋游，我约了几个好朋友和姐姐一起上街买零食。一路上，我们有说有笑，很快就来到了超市门口，这时一个小姑娘向我走来，我不自觉地打量了一下她：一张鹅卵形的脸蛋，大大的眼睛，樱桃小嘴，长长的头发稍有点黄，身穿一条过时的粉红色的长裙。在她手中还提着一个装满鲜花的篮子。小姑娘来到我身边，用大大的眼睛看着我说："你要买花吗？"她的声音很好听，我摇了摇头，原以为她会失望地离去，但她没有，还是一直看着我。这时，姐姐跑了过来，拉着我的手说："快走吧！"我身不由己地跟姐姐走进了超市。不久，我们就拎着大包小包的零食，高兴地走了出来。咦？我不由得愣了一愣，只见那个卖花的小姑娘仍站在那里，眼睛不停地眨着，留意着身边的每一个行人。她又看见了我，连忙走上来说："买一束鲜花，好吗？"她那双黑亮的眼睛中充满着期待，我不好意思了，就把钱包拿出来。打开钱包一看，才发现刚才买零食太高兴了，一下子把钱花光了。我带着歉意对她说："真对不起。"她只是轻轻地说了一句："没关系，希望以后能再见到你。"当我准备离开时，我发现几个朋友又到附近看热闹去了。于是，我就和卖花小姑娘聊了起来。经过一番交谈，我知道她现在已经十岁了，虽已到了上学的年龄，但因为家里穷，妈妈又有病，还有妹妹、弟弟要养活，所以只得辍学出来卖花。从她的眼神里，我分明看到了一种对上学的渴望。她还说，卖花很苦，有时嗓子喊哑了还不能休息，几天下来，也只赚到几块钱。说着说着，她就哭了。

想想自己，从小生活在温馨的家庭里，有父母的疼爱，拥有一个幸福的童年，哪里会想到在我们的身边，还有这么多的可怜的失学儿童。

忽然，我灵机一动，想起家中有许多我读过的书籍，正好可以送给她。我就把这个想法告诉了她。她高兴极了，脸上露出了阳光般的笑容。我们约好了见面的时间，愉快地分手了。

到现在，她始终都没有出现。或许她正忙着卖花，已经忘记我和她的约定了吧。我抬头看了看四周，路灯下的人熙熙攘攘。可是，会有多少人想到那些失学的卖花姑娘呢？我眼前又闪现出那双充满着期待的眼睛，那忧郁的眼神除了希望能卖出多一点的鲜花以外，还有别的东西呀！

我觉得手中的书越来越沉了……

（指导教师：于敏玲）

133

第八部分　相视的那个微笑

那些我爱的美丽

征　咪

　　一直以来我个人认为的最美丽的事就是在一个阳光灿烂的午后，轻啜杯中微涩的香茗，随意地翻动掌中微微泛黄的轻盈纸张，耳边传来快乐或悲伤的乐曲。累了的话，再抬起头感受阳光轻柔地抚过我的脸颊，细腻得如亲吻，带来令人愉悦的温度。然后，我就可以幸福地让细细的笑纹爬上眼角和眉梢。

　　与许多的孩子不同，我偏爱苦苦的茶翻动在自己唇齿间的触感，还有滚烫的液体上方蒸腾出的缕缕白雾。泡好一壶茶，将它倒出，却并不急于感受，而是一点一点地任它氤氲出一室的淡香。它慢慢地从四周渗出，钻入我的每个毛孔中，彻底地洗去我的疲惫。然后捧起微凉的杯，轻啜。微苦却带有一股异样的甘甜。喝茶要细品，只有这样才能完全让茶的余韵在口中释放，唇齿噙香。

　　爱上这样的美丽，嗅觉上与味觉上。

　　我很爱书。并不是因为书中的"黄金屋""千钟粟"与"颜如玉"。而是爱上与书中灵魂对话的过程。书架上一排排书都不新，因为每本书我都与它进行了最亲密的交流。不认为书是我的朋友与老师，而是把它们当作爱上的人。我会慎重地对待每一本书，唯恐将其损坏。那些黑色整齐的小字，我相信都是作者的灵魂。是如此的奇妙，仅仅几千个汉字不同顺序的排列，就可以组合成无数篇动人的文章。它们放肆地在黑暗中如植物般的生长，如此美丽。不仅愉悦我的眼，更愉悦我的心。

　　爱上这样的美丽，视觉上和情感上。

　　我喜欢听音乐，最钟爱古老的乡村民谣，那样轻柔的旋律，就好像一滴水降在一片草地上。松树在低语，棉花田在歌唱，风信子落在肩膀上。这是音乐带来的臆想。木吉他的朴素和弦伴着不知名的歌手的低吟浅唱，涤荡我心灵上每一处沾上尘埃的角落。都是些古老的歌，可却能带给我最真实的感动。这样的感动，美丽耀眼的如同太阳下的露水，折射出炫目的七色光芒。

爱上这样的美丽，听觉上。

我是个热爱阳光的孩子。因为那样的金色会让我觉得温暖。晴天，阳光洒落在每个曾经阴暗的角落。竖起耳朵，聆听阳光华美的音符在空气中温柔地流过。不用言语，不用思维，简单得就像风在身上拂过一般，顺理成章地张开双臂迎接它，感受阳光带来的愉悦流过整个身体。晴天，树下，可以看到阳光透过树叶缝隙倾泻而下的美丽；晴天，街上，可以看到阳光在商店玻璃窗上反射的美丽。晴天，阳光的美丽，眉飞色舞。

爱上这样的美丽，不仅是视觉上更有触觉上。

我的生活很简单，但是我却很快乐。因为在我的生活中有着如此多的美丽。拥有这些美丽是多么好的一件事。对于我来说，这就是幸福了。

（指导教师：刘辉）

我心中的那一盏灯

秦　勇

夜已渐深，我踏着月色走在回家的路上，偶尔有几缕灯光从路旁的房子里射出，均匀地洒在平坦的路面上。每逢此刻，在我的心中总会亮起那一盏灯。

刚刚十三岁时，我告别了小学的校园，踏入了离家很远的中学大门。曾记得，在第一个周末回家的路上，天阴沉沉的，星星和月亮也不知都躲到哪儿去了，伴随我的只是那沙沙的脚步声。突然，在前面拐弯路口处亮起一盏灯。在朦胧的灯光下，看到路旁还有一间小草房，门半开着。好奇心促使我向里看去，原来屋里呆坐着一位老人。他衣衫褴褛，花白的头发散乱着，面目极为可怕。我的心猛地一缩，我急忙转身逃走，仿佛他会吃掉我似的。此后，每逢路过此处，我总是心惊肉跳，加快步子。也曾有好几次他喊了我，我都没有理会，仿佛还听到他那深深的叹息声……

有一天，偶尔听到别人谈及那位老人。他原来有一个幸福美满的家庭，可天有不测风云，发生在那个拐弯处的一次车祸夺走了他的亲人，只给他留下了一个支离破碎的家。但致命的打击没有把老人击垮，相反，他竟在那儿搭了一间草房住了下来。这儿虽说白天那儿人来人往，川流不息，但在夜深人静之时，甚是凄凉。加之路面狭窄且多年失修，弯度大而坎坷不平，夜间行走很是不便。尤其是陌生人初经此处，几乎没有不吃苦头的，往来相撞，极为常见。然而自从老人住下之后，在拐弯处点起了一盏灯，再也没有发生过什么事故……

听完他人的谈论，我原本平静的心忽然不安起来，想起往日自己对老人的不屑一顾，我禁不住萌生一个念头：周末回家一定要与老人亲热地打个招呼。

然而，做梦也没有想到的事情发生了。周末下午，兴致勃勃的我走到那里，被眼前的情景惊呆了：小屋周围挤满了人，有的沉默不语，有的低声痛哭，老人安详地躺在那儿，身边放置着无数的鲜花。原来，昨夜狂风大作，把老人点放的那盏灯吹落，当他上路捡灯的那一刻，一辆车从拐角处驶来……

　　如今，平坦笔直的大道和整齐的住房已取代了昔日那弯弯的小路、破烂的草房。然而，每当路过此处，在我心中，总会亮起老人点的那一盏灯……

（指导教师：张云友）

第八部分　相视的那个微笑

相视的那个微笑

汤静宜

"刷刷刷……"那熟悉的扫地声又准时在楼下响起。我朝楼下望了一眼，依旧是那张熟悉的脸，依旧是那一串连贯的动作——她身穿醒目的环卫工作服，手执大扫帚，弯着腰，正卖力地清扫着道路两旁的落叶和生活垃圾。

我像往常一样背着书包走下楼，然后和她相视一笑。她笑起来很好看，洁白而整齐的牙齿，还有一对浅浅的小酒窝，如春阳般灿烂明媚，让我一整天都充满着自信。

她是一名环卫工人，也是一个聋哑人。她无法用语言表达出任何情感，只能用手中的扫帚，将自己对城市的热爱、对生活的热爱表现出来。当初春的鸟儿站立在高高的枝头啼啭着动人的旋律时，当夏季的朝晖出现在东方美丽的天幕演绎着生活的美好时，当秋天的晨风吹过光秃秃的树梢带来丰收的喜悦时，当冬日的暖阳携带着金色的温情穿梭于这座城市的楼宇之间时，她，都在人行道上工作着，无论风吹日晒，从未看到她厌倦或是疲惫。

又是一年隆冬将至，狂风呼啸而过。我仍旧背着书包走下楼，耳边依旧萦绕着爸爸妈妈愤怒的争吵声，还有昨天老师责备的话语，好友的误解……此刻，种种不快全都化作了凄厉的寒风，和我撞了个满怀。

突然，那个熟悉的身影闯入我的眼帘，她仍然穿着醒目的橙衣，一双手已经冻得发紫。她看见我之后，依旧露出那个标志性的微笑，一瞬间，一股奔腾的暖流直涌心头。她如此辛劳，却总是将最美丽的微笑展现给别人，给予人明朗和温暖。而我为什么要为一点点的不如意而兀自伤感呢？

那个隆冬的清晨，她温暖的微笑，成为我最温暖的记忆。

(指导教师：梁吴芬)

好一道风景

李余姝

这应当算得上是深秋了，天气已经很冷。我早已穿上厚厚的外套，却仍是会打上几个寒战。秋天那火红蓬勃的气息似乎也并不明显，倒是那灰蒙蒙的天气、日益稀少的枯叶常使我心生惆怅。

这是周六，我早早地出了家门，来到了车站。因为刚和妈妈吵了一架，我脸上似乎还有泪渍，寒风吹来，刀割似的生疼。现在我要做的是等车，然后去辅导班上课。可眼见已经过了十几分钟，却仍不见车的踪影。我轻叹一口气，拾起一片落叶无聊地摆弄着。

"红薯！好吃的红薯！可暖和呢！"突然一个苍老而略带沙哑的声音传来，打破了静谧。循声望去，原来在车站对面的人行道上，有一个卖红薯的老妇人，一边悉心地挑选红薯，一边吆喝着。我不禁朝她看去，她大概年过六旬吧，头裹深蓝色布巾，"漏网"的几根白发显示了岁月留痕。书写着时间的流逝。老妇的脸上布满了深深的皱纹，眼眶也已深深凹进去，但始终乐呵呵的，特别有精神。我心中似乎有了几分暖意，长舒了一口气。这时只见有几个年轻人来到老妇的身旁，轻微探下身去对老妇说了些什么，老妇便缓缓弯下身，拿出了一杆小秤，挑了几个大个的红薯放在秤上，哆嗦着双手把秤杆调试好，还笑着说些什么，然后便拿出纸袋包好红薯，小心地递到年轻人手里，用满怀慈爱的目光目送年轻人走远……一阵红薯特有的香气忽地钻入鼻孔，我突然感觉那温暖又多了几分。

"车来了！"有呼喊声。我踮起脚尖努力张望。可不是！公交车摆动着身躯缓缓驶来。我便随很多人一起上了车。一阵机器的轰鸣声响起，随即，公交车缓缓驶出车站。透过车窗，老妇人的身影仍依稀可见，吆喝声也仿佛還在繼續。我笑了，咧開嘴笑了，心裏的煩悶早跑沒影了。窗外的枯樹枝似乎也柔軟了許多，看，它們在風中輕輕起舞呢。

　　我知道，我心中的愉悅來自那些善良、樸實的人們，因爲她們本來就是人間最美的風景。

（指導教師：張少碧）

爱如空气

张博雅

爱如空气，时刻环绕在你身边。

亲情之爱

父母的爱，无微不至。

曾记否？当房间那一盏不眠的灯在深夜里一枝独秀时，是谁在不停地叹息？门外徘徊的脚步声，轻轻的推门声，桌上不知何时出现的热牛奶，还有隔壁同样不眠的灯。这是孤独寂静的黑暗中的不灭的风景。

曾记否？淅淅沥沥的小雨，坎坎坷坷的道路，是谁在不停地叮嘱？"小心点！小心点！"多么美妙的声音！尽管热爱雨中奔跑，却还是极不情愿地接过了那双手一次次递来的伞。撑伞上路，是谁的目光在依依送行？两把伞一前一后渐行渐远……这是恐怖的阴霾中温馨的风景。

我记得，我深深地记得，父爱深沉，母爱细腻！

友谊之爱

朋友的爱，温暖动人。

曾记否？课堂上的欢声笑语，运动场上的矫健身影，还有那三尺讲台上颤抖的声音，通红的脸颊，我们是那么青涩，但固执地不愿意相信，不愿承认，总是自豪地卖弄："我们已经成熟"。正因为青涩，才会那么直言快语。当别人不经意地摔倒，那样"幸灾乐祸"；当别人偶尔出洋相，那样"冷嘲热讽"；当别人"试"途失意，那样"洋洋得意"。我们不善掩饰自己，无情无义。

曾记否？运动场上热烈的掌声，讲台下鼓励的目光，前后左右祝贺的微笑，还有亲密挚友安慰的拥抱。毕业合影，笑容灿烂；分手离别，泪眼蒙眬。"无情无义"的我们为何会在受伤的同桌书包里悄悄放上创可贴？为何会递给爱哭的小女生纸巾？为何会绞尽脑汁用很一般的文笔完成一首诗送给挚友？为何会在凛冽的寒风中久久不肯离去只为实现自己的承诺？

我记得，我深深地记得，同窗情谊，热情奔放。

师生之爱

老师的爱，默默奉献。

曾记否？那一直绽放着的灿烂笑容。曾记否？那偶尔闪烁着的失望泪花。曾记否？那教室外走动的身影。曾记否？那书桌上跳动的笔头。曾记否？那被雨水打湿的乌丝。曾记否？那日渐增多的白发。

我记得，我深深地记得，老师的爱，是化作春泥的落红，让那芳草萋萋。

世间处处都有爱。爱不是潮水，不会奔涌而来。只有拥有发现爱的眼睛、倾听爱的耳朵和感受爱的心灵，才能让爱之花永恒绽放！爱如空气，永不分离！

(指导教师：梁芳)

十块钱的故事

黄　佳

这也许是一个不值一提的故事，但它是一个真实的故事。

那天下午，我沐浴着暖暖的阳光，去街头买肥皂。我走进了一家小店，店主是一位双目失明的老人。

我正准备掏钱买肥皂，忽然闯进来一个染着黄头发、戴着耳钻的少年，给了老人五块钱，说是要买四块钱的烟。老人摸了摸钱后，微笑着递给"黄头发"一元钱和一包烟。嗨，他还真有本事呢，竟一点也不错！

"找错了，我给的是十块钱，还要给我五块钱。""黄头发"凶巴巴地说。

"错了？"老人脸上掠过一丝不易察觉的惊愕。我也诧异了，明明给的是五块钱嘛。太没良心了，竟然骗一个残疾的老人！我心里陡然涌起一阵厌恶。

"好，我再补给你。"老人没事似的递给"黄头发"十块钱。啊？原来他压根儿不"认"得钱？

"黄头发"得意地接过钱转身就走。"年轻人，请等一等。"老人温和地说。

"什么事？"

"我听你说话的声音，多像我的那个孩子啊！"老人说的时候，脸上现出痛苦的表情。

"啊，这和我有什么关系？""黄头发"脸上现出一种不自在的惶惑。

"有啊！"接着，老人说起了他的孩子。由于患有自闭症，不愿与人沟通，又受社会上不良风气的影响，开始撒谎行骗，不听劝说，后来他的孩子竟然发展到去抢人家的东西，现在还关在里面。

"黄头发"的脸一阵红一阵白。哦，老人是在暗示他，教育他。看来他有所触动。

"老爷爷，别说了，您的意思我明白了，我错了。"那少年突然打断老人的话，"对不起。"说着，把十块钱递给老人。

"我很高兴，年轻人有时犯糊涂，这也很正常，能改过就有希望。"老人脸上露出满意的笑容，"如果这十块钱真能给你解决个事儿，你就拿去吧。"

那少年将钱悄悄放在柜台上，红着脸逃跑似的离开了小店。

(指导教师：张敦礼)

第九部分

那些平淡的明丽

　　自那以后，那个不敢直视您的女孩不再忧郁。在我漆黑的瞳孔里，常映出一个充满激情的身影和那双永远爱笑的眼睛。我的眉头不再紧皱，眸里不再暗淡，浅浅的酒窝中常常装有笑容。

——左云云《爱笑的眼睛》

那些平淡的明丽

李昕睿

笔未动，心先乱。你往日的严厉与温柔相济培养了我的自持，我想轻轻对你说：有你真好，缘分真好。

是那个灼热的夏季中午吗？记忆里的童稚依稀在目，我吵嚷着回到宿舍赶午饭。第一声，未应，第二声，没声音。装着满肚子不如意的小孩只好悒悒地坐在地上……远远的，又似乎是极近的，你从学校礼堂急匆匆地赶过来，裙摆掀动了满枝聒噪。我满脸怒气地打开屋门，拿支冰棍就端坐在风扇前，嘴里少不得埋怨两句："你怎么当母亲的？连顿午饭都不能保证。"出口，已成悔言。你的脸色稍稍有些异样，却极匆忙地闪进厨房，炸我最爱的鸡腿，耳边传来油星四溅之声……许久，我叼着冰棍推开厨房的门，层层热浪扑面而来，而你依然不断移动着来不及换下的高跟鞋，从这头撒盐，在那头浇油，清脆的"滴滴"声冷却了夏季的烦躁。而所有的遥望，只限于你那日益操劳而日渐消瘦的背影：薄弱的，又是极慑人的那一袭平淡的明丽。手中的冰棍悄然滑落……

该怎样形容我心中的恐慌，我的母亲？那一次，你把孩子吓坏了——天高气爽的秋天翩然而至，而许多潜伏的消极情绪与生理疾病也伺机而发。

脚踩落叶仅知声音脆耳，还未懂得生命的沉重。而就在我碰巧从医务室旁的楼梯经过时，看见你正躺在那张素净的病床上，大口大口地喘着粗气，眉宇间写尽了痛苦。我疑惑地疾步走上前去，你的眼眸已捕捉到我的惊恐。确实，这个时间，你应该在课堂，怎么……？"没事的，孩子，你快去上课吧，我躺一会儿就好。"你推搡着将我赶出了医务室，刺激性的气味却让我阵阵作呕。

我连忙请了假，又走进那白得刺眼的医务室。咦？你人呢？我急急忙忙赶到楼上，还未到你的教室，却碰见你从另一个楼梯口艰难地、缓慢地走向教室，又一个揪心的背影。此刻，满心里只剩下你略显沉重的脚步声，那滞重的空气中所渗透的浓浓的灰色调，让我的心久久地沉默。跟随着你疲乏的背影，我悄悄地躲在教室外。掌声如潮水四涌……

事后我才明白：你，蓦地晕倒在讲台。你知不知道，得知后，眼泪再一次溢满我的眼眶？

忽然间，我想开了很多事情：那些忙碌日子的手忙脚乱，那些平淡生活的紧张作息，还有那盖好被子的一眼柔情……

回忆淡化的黄色信纸，妈妈，别这么累着自己，好吗？

我，连同那些鼓掌的学生，会为你那平淡的明丽喝彩。

（指导教师：周永红）

亲切的怀恋

杨雨茜

失去了才懂得珍惜，而拥有时却要肆意"浪费"。

毕业典礼之后，我没有直接回家，而是再一次环游了整个学校。后操场，400米的标准塑胶跑道，广阔的草坪，整齐的篮球架，这儿曾是我们的游乐园。艺术中心里面有美术教室、音乐教室、陶艺教室、小剧场、琴房……这里曾是每个人艺术梦想的城堡。

不知不觉间，我走到教学楼前。

又想起我们的老师，总是在其他同学活动时让我们在教室里补写前一天想蒙混过关的作业。那些日子，我们总习惯往外看看别的班同学在玩什么，心里不免有了羡慕和郁闷。

脑中的"电影"还没有接近尾声，猛然发现天色变朦胧了。太晚了，得回家啦。

刚拐出教学楼，一个熟悉的身影出现了，我下意识地又回到了墙角后面。是老师！我为自己的举动感到惊讶。我不是已经毕业了吗？为什么一到了她的面前，我就会立刻审视自己？哎呀，那种有点忐忑的心情又出现了。我就这样悄悄地望着她，她的面容似乎突然清晰地呈现在我眼前：她眼角的皱纹清晰可见，脸消瘦了许多。在那毕业前备考的日子里，在那无数次的问题探讨中，就是这张面容，太熟悉，太亲切了。老师啊，多年以后，在人群中，我一定能够认得出您！此刻，望着老师渐渐远去的背影，好想大声叫住她，突然有很多话想跟她说说。我仿佛读懂了那单薄的背影。

您为我们而喜，为我们而悲。您那么多的"不允许"，就只为了让我们拥有一双更强壮的翅膀，将来能飞翔在蓝天上。我不知道自己是什么时候长大的，我只知道以后一定努力不再让老师们伤心。

一切都会过去，而过去了的，却成了最亲切的怀恋。

（指导教师：张有志）

爱笑的眼睛

左云云

随着时间的流逝，往事渐渐模糊，但那双爱笑的眼睛在我记忆的星空中依然是那么清晰。

老师，还记得期中考试后的第一节语文课吗？您读完成绩单，用那充满笑意的目光环视着讲台下数十双清亮的眼睛，随即落在班级角落里的一双忧郁暗淡的眸子上，您目光中那温和的光芒，让原本有些颓废与失落的我忽然间感受到了一股暖流，使我惆怅的心扉缓缓地打开。老师，您知道吗？我这次期中考试没有考好，但您那充满笑意的眼睛，如阳光般温暖灿烂，带我从失败的阴影中走出来，让我看到了希望。

自那以后，那个不敢直视您的女孩不再忧郁。在我漆黑的瞳孔里，常映出一个充满激情的身影和那双永远爱笑的眼睛。您常对我们说："我爱笑，是因为生活的美好；我爱笑，是因为我爱你们。"您还说："失败了，不要紧，只要能从失败中汲取经验，重新奋斗，就一定会到达胜利的彼岸。"

于是，在您那双爱笑的眼睛的鼓励下，我奋发进取，刻苦钻研，终于，功夫不负有心人，我在期末考试时取得了优异的成绩。此后，我的眉头不再紧皱，眸里不再暗淡，浅浅的酒窝中常常装有笑容。

老师，我永远不会忘记，那个初冬的黄昏，在教室的走廊里，您拉着我的手，用那双爱笑的眼睛注视着我，为我讲述着您曾经的失败经历，和一次次战胜困难后的喜悦……看着您温暖的目光，我看到了未来。

老师，您知道吗？是您那双爱笑的眼睛，为我照亮了未来的道路。

老师，谢谢您那双爱笑的眼睛。

(指导教师：周龙成)

难忘我的老师

申贝贝

小孩子单纯天真，都喜欢年轻漂亮的女老师。

而此时站在门口的却是一位富态的中年妇女。

那是刚上小学时，年幼的我们都把脖子伸得老长打量那位老师：梳着一个很低的发髻，微黑的皮肤间夹着几道需要用心注意才能看到的皱纹，狭长的小眼睛虽然眯着，却放射出两道锐利的光芒。我们立刻失望了，于是想到了隔壁班那位长发飘飘的女老师，似乎能闻到她的嘴角都带着香气。

老师开始在讲台上自我介绍，声音沉稳，但略有些沙哑。这时隔壁班传来了圆润柔和的声音，像歌声一样好听，这使我们更加羡慕隔壁班的同学了。

下午要进行卫生大扫除。老师一一安排了任务，然后就离开了教室。而隔壁班的同学则一个个眉开眼笑，围在那位长发老师身边兴奋地呼喊着，他们的老师正拿着抹布和同学们一起擦着窗户。

隔壁班的同学有那么温柔漂亮的老师，我们都很羡慕。突然，一个男生走过去要帮他们打扫卫生，那位漂亮的女老师轻轻俯下身摸了摸他的头，笑眯眯的。于是我们都迫不及待地跑过去，希望能得到她的爱抚。

而我们的老师这时从办公室走了出来，当看到同学们都乐滋滋地打扫着隔壁班的卫生时，她一个人默默地走进了教室。

我们都很害怕，偷偷跑到教室后门看她在做什么。大家悬着心在想如何才能不挨老师的批评。但当我们走进教室，让人料想不到的是她正拿着笤帚在扫地，看见我们，轻轻地叹了口气，柔声地说："同学们，快来帮帮老师吧。"

我们简直不敢相信自己的耳朵，都愣了一下，然后拿着手中的工具跑了过去……最后，老师还从办公室端来了洗脸盆，让我们把小花脸洗了个干净。全班一下子涌向了同一个脸盆，叽叽喳喳，小鸟一样。她站在旁边，眼睛眯着微笑地看着我们……

在课堂上，老师严厉地要求我们上进；在生活中，她又像妈妈一样无微不至地关爱着我们。渐渐地，我们明白了老师的良苦用心，正是她的那一份威严，让我们不会在课堂上分散注意力，让我们从小养成了认真听讲的好习惯。

这就是我的第一位老师，她令我永远难忘。虽然她没有迷人的外表和甜美的嗓音，但她的爱始终伴随着我们成长！

（指导教师：周晓北）

第九部分　那些平淡的明丽

浓浓碘酒香

王子涵

碘酒的气味很刺鼻，可它被赋予某种意义后，却成为我心中最香的味道。

——题记

我和同桌正眉飞色舞地神侃。忽然，一股奇怪的味道直钻鼻孔。

我皱了皱眉，向教室门口望去。"嘿，是史老师！"眼尖的同桌说，"哎，怎么跛了呢？"只见史老师一只脚悬空着，另一只脚蹦着走了进来，气喘吁吁地说："不小心崴了一下脚，请大家放心，误不了课……"慢慢地，一股呛鼻的气味儿弥漫开来。

"下面我们开始奥数学习。"史老师咬着牙说道。

"老师，你不要紧吧？"一个声音打破了沉默。不懂事的我们已经习惯了用"你"这个称呼。史老师坐了下来，强咧了咧嘴笑道："你们不怕碘酒难闻就行了。"

课堂上，她让我们轮流向她提问题，我也走了过去。"老师，我的问题是——"看着她肿得老高的脚踝，我竟忘了想问什么，"您真的不用休息吗？"

史老师笑了："谢谢你，真的不用。"她的笑容在碘酒味儿的萦绕中显得异常美丽。

看着忍痛为我们上课的史老师，大家全都站了起来，由班长带头表态："史老师，您去医院吧，我们一定遵守纪律。"

就在这时，四周的一切似乎都停止了。而我们也像长大了似的，恳切地看着史老师。史老师拗不过我们，终于答应去医院了。

第二天学校通知：史老师因为骨折不来了。大家你一言我一语地议论着，都在担心着史老师的病情。忽然，大家鼻子里，好像嗅到了什么味道，是碘酒？是碘酒味！

阳光中，一个身影正拄着拐向教室走来，碘酒的香味也随之弥漫在每个人的周围。史老师的敬业精神深深地感动着我们，从此，我们班的学风变好了，同学们的成绩也一路上升，多次受到学校的表扬。我们每个人都知道，那是史老师的功劳。

这种无私的大爱一直感染着我，无论走到哪里，我永远也忘不了敬爱的史老师，忘不了那挥之不去的碘酒香⋯⋯

(指导教师：柳文生)

153

第九部分　那些平淡的明丽

第十部分

涩涩的季节

因为一切都是瞬间，所以一切都太短暂；

因为一切都太短暂，所以你我都要学会珍惜；

因为你我都要学会珍惜，所以请不要轻易拥有……

——郭冬妮《涩涩的季节》

涩涩的季节

郭冬妮

又是这样一个秋，当暖阳的气息弥漫了整个树林时，身边满是落叶飞扬，天空不再继续单调，终于，含着微笑，我流下了决堤般的泪……

独自走进了学校的这片小树林，耳边不再是你的爽朗你的调侃，只有你声声的笑在树林中回响！秋风飒飒地从我身边悄然而至，让我感觉好冷！听别人说，秋天是分离的好季节，于是今天，我和你分开了，在秋天这无奈的季节里！

记得那时，我刚上七年级，带着一脸的稚气来到这所很陌生的学校，老师安排座位时，把我和你安排在了一起。我望着你，而你却一直低着头，从你那一双深邃的眸子里，看得出一定隐藏了一个不能向人倾吐的秘密。我想和你说话，可那时，我不知道为什么，我没有勇气。

在学校我喜欢上了这里的一片小树林，可第二天在那里却遇见了你，没想到，你先和我打招呼，我知道，你同样也是一个很热情的男孩。我们一起坐在芳草地上聊天，你笑得很开心，和开学那天的你截然不同，我想告诉你，你笑的时候，真的很美。

时光如梭，我们一起陶醉于泰戈尔的温馨，感动于保尔·柯察金的顽强；你默默忍受我讨论问题时的霸道，然后继续对着我微笑，我习惯了接受你的幽默、含蓄的表达，常常能心照不宣。

我为我俩的默契而感动。

小树林里的日子很美！

然而身边的每一个人在变，包括你我。我的心中总是装满了灿烂的阳光，忙碌着竞选、忙碌着辩论赛、忙碌着和同学们打打闹闹，但也依然在春花灿烂的傍晚，和你一起读韩寒、读郭敬明。

而你的身边，除了我、文学和课本，似乎不再需要什么。当你的眼光追随着我时，你深邃的眸子再次让我迷惑……

面对着这青春的萌动，我感到惶惑，该放弃这段我曾经最在乎的"友谊"吗？可一位朋友的一句话，不知道是让我觉醒还是更加迷惘，他说，难道你们之间的友谊就这么经不起风雨的洗濯？于是，我站在这场友谊的边缘，继续为它做最后的挣扎，希望像以前一样，单纯、美好……

可我错了！你还不明白边缘再进一步就是万丈深渊。终于，在秋天，在这片满是落叶的树林里，我和你分开了，是我先提出的，你望着我，眸子里有隐隐的无奈，我却在微笑！我走出了那片树林，背对着你的时候，眼泪再也忍不住了，它悄无声息地滑进了嘴中，咸咸的，涩涩的……

那天晚上，我在日记里记下了这样一行诗篇：

> 在就要转身前忽然又想起和你一起走过的时光
> 还记得相遇的那一天洋溢着微笑的你
> 到现在还想告诉你：那个微笑真的很美丽
> 但我却还是选择了放弃
> 告诉自己记得要忘记忘记
> 提醒自己你已经是人海中的一个背影
> 知道时光会让我有新的记忆
> 可再也不会这般美好，快乐
> 我承认你曾经是我最在乎的朋友
> 也许现在还是
> 但我将永不再触碰这段记忆
> ……

我开始学会一个人边听着随身听边在树林里踯躅，因为我再也找不到愿意天天陪我到这片小树林的朋友。终于明白了成长的过程就是一个不断舍弃的过程，因为每一个人的身边都会有许多许多的匆匆过客，即使这样，还是必须向前看，还是必须珍惜你所拥有的一切。

因为一切都是瞬间，所以一切都太短暂；

因为一切都太短暂，所以你我都要学会珍惜；

因为你我都要学会珍惜，所以请不要轻易拥有……

（指导教师：杨丹）

在 这 里

曹孟琏

　　昨天，在邻居姐姐家看了四本几米的漫画，那里面人物的生活与浪漫，好多是我无法经历的。原因就是，我在这里。

　　在这里，没有海。

　　被风吹掉的草帽，每一次我都可以捡回来，因为这里没有海浪会将它带走，越漂越远；我不会梦到自己抱着海豚在浪中睡着，只见过三次大海的我，早已忘了海水的温度；这里没有一个能让我坐在上面的栈桥，去目送被我送走的小船、小鸭、小渡轮；我捡不到海边美丽的石头，也找不到一颗一亿八千万年的石头，然后坐上去发一下午呆；我想到我做不了茱莉，因为她总是将心事写下，装到瓶子里丢进大海，让她的心事在海上慢慢漂流……她期待在很久很久以后，在很远很远的海边，将有一个很帅很帅的男孩，了解她此刻的心情……

　　在这里，没有地下铁。

　　我不能像那个盲了的小女孩一样，在下着毛毛雨的秋天早晨，喂好我的猫，在六点零五分，走进地下铁。在无风无雨，不断向下探去的深邃地道，听到自己孤单的脚步声，回荡在寂寞的空气中。然后我习惯于在一个陌生的小站，坐上一辆错误的车，在拥挤的车厢中迷失方向，再一再地下错车。这样也好，我可以像她一样想象着我走出这陌生小站时外面的色彩。想着会有人在地下铁的出口等我吗？他会为我撑伞，紧握着我的手，告诉我星星的方向，陪我走一段路。也许我只会坐在出口，莫名地哭，因为那把被我丢在车厢里的黄色雨伞。

　　在这里，没有旋转咖啡杯。

　　我只在广州玩过一次，旋转着的咖啡杯将我的尖叫与欢笑散向四方。但在这里，我不能像红鼻头约翰一样总坐在彩色的咖啡杯里放声尖叫，然后激动地哭出来！不是因为害怕，而是因为对这游戏的发明者有着最深的敬意。

在这里，没有河对岸的烟火。

无法让我看着这瞬出现又消逝的奇幻瑰丽，想着我如花火般的青春，想着我迷茫的将来。一切都是真的，一切都不是真的。

在这里，没有干干净净的风。

我们总是在放学的路上，在等绿灯的十字路口，在风卷着沙吹来的瞬间，戴上帽子，屏住呼吸。好吧，我不再狡辩，这里的风的确不怎么可爱，但问题的关键是"在这里"！所以，我还是偏执又狂热地爱着所有刮风的天气！

但是：

在这里，有我熟悉的每一个街道与拐角。

我会和不路痴的朋友约好在劳动路与平原路交叉路口的东北角向北走十米的那个报刊亭前见面；我会说得清从北环到道清路，从西环到牧野路的每条路的路名，每当这时，总觉得整座城市都是我的。

在这里，有无聊但总去的公园，有时而干净时而臭的卫河。

在这里，有小小的墙上画满画的幼儿园，有黄土操场变为塑胶跑道的小学母校，有我已经待了五年并将再待一年的新乡最美的校园。

在这里，有大都市没有的宁静。

安静的午后，似乎只剩下了墙边晒太阳的老人和他们脚下睡着午觉的猫。

在这里，有朋友。

在这里，有家。

在这里，有我的一切过往。

在这里，我遗憾而又快乐的长大了。

（指导教师：张伟）

读懂阳光

李 雪

接连几天的绵绵细雨，把我困得头晕脑涨，再加上作业排山倒海地压下来，我简直喘不过气来了，坐在书山题海中，我想：大概在明天、后天，不，也许就在今天，我就要发霉了。

窗外，天灰蒙蒙的，似乎又要下雨了。其实，我的心也是灰色的，这几天不知惹着了哪路神仙，倒霉事儿一桩接一桩。昨天化学实验，我打破了烧杯，惨得被老师罚扫一周的实验室；下午迟到一分钟，被班ｓｉｒ猛K一顿；今天，好友和我闹别扭，"冷战"了一天，只不过为了一句话而已……我的心里已装不下更多的忧伤了。

阳光啊，我要问问你，你在何方，为何不伴在我身旁？当你的朋友悲伤无助时，你怎能躲在他乡？阳光啊，我要问问你，你在何方，为何不伴在我身旁？当你的朋友孤独寂寞时，你为何不来疗补创伤？

"这道题怎么做不出来呢？难道我真的不可救药了吗？"面对复杂的坐标、方程，我的心里写满了未知数。"怎么，遇到难题了？来，让我看看！"同桌虎子———一向调皮的男生微笑着凑过来，"尊敬的公主殿下，第一步做得不好，坐标标错了，应该这样标……"难题在他的调侃中顺利解决了。我心里别提多高兴了，如同一只跳出井口的青蛙，忽然发觉外面的天空好大好蓝，我的心里一下子变得阳光灿烂了，虽然天空依旧细雨飘飞，但我明白那束阳光叫"友谊"。

"阳光总在风雨后，请相信有彩虹……"不知怎的，这首歌时常在我耳边萦绕，令我牵肠挂肚。忘不了爸爸严厉的责备、妈妈不停的唠叨，是它们让我懂得了亲情的伟大；忘不了老师的鼓励、同学的帮助，是它们让我找到了前进的方向；忘不了失败后的痛苦、孤独寂寞时的无助，是它们让我品尝了成功的甘甜……我忽然找到了答案，不必责问阳光，其实她就在你的

160

心里。

　　回首十六个桃瓣纷飞的春，荷香蓄梦的夏，硕果累累的秋，白雪皑皑的冬，我感到我的生命里洒满阳光：爸爸的责备是阳光，妈妈的唠叨是阳光，老师的鼓励是阳光，同学的帮助是阳光，失败、寂寞也是阳光……我要感谢你，阳光，是你让我懂得了生命的宝贵，是你让我如此坦然地面对生活。

　　问阳光，你在何方，我知道你就在我的身旁！

（指导教师：孙启明）

快乐的笛声

魏健囡

谁说离别的笙箫要用泪水来擦洗？谁说枯叶的低吟牵着思念的愁心？我拿起哥哥送给我的笛子，轻轻地吹上一曲，往事便在这悠扬的笛声中平展开来。

那是冬季里的一个早晨，我送哥哥去火车站。宁静的山路上留下几排脚印，平和的话语温暖了路旁的积雪。哥哥讲着他的梦想，把他的欢乐传递到我的心里。幸福的欢笑仿佛缩短了路程，我还想听下去，车站却已经在眼前。

我突然感到无助。哥哥要离家远走了，那么以后谁还会在夏日的夜晚为我朗诵泰戈尔的小诗，谁还会在秋天的黄昏陪我欣赏火红的枫叶，谁还会在时间的台阶上帮我刻出快乐的星星……

哥哥递过来一支笛子，把我从遐想中拉了回来。他坐在石凳上，轻拍着我的肩膀。"吹一段快乐的曲子吧，"他说，"笛声响起，哥哥就在你的身边了。"

我记住了哥哥的话，小心地把笛子珍藏好，在哥哥离开的日子里，让它来延续昔日的欢乐。

早春的积雪融化了，汇成了一条条小溪，在山野里唱着歌。我带着笛子追赶溪水的脚步，把哥哥留下的欢乐撒给初开的山花。哥哥说过，留下一张笑脸，便绘出了一个春天。他留下了一支笛子，在我的心里流淌出春天的音乐。

（指导教师：栾顺章）

但愿人长久

叶 欣

　　骨子里倘若有一点深情的基因，我坚信这来自于妈妈的遗传。妈妈跟她的发小在每个月末见面。她们分居城市的两畔，彼此有家有室，生活的琐碎使她们的容颜渐失光彩，然而她们之间的友情却在时间的长河里越磨越光亮。

　　又是一个不见不散的月末。妈妈一大早就带我出门，倒车，到达终点，唠嗑：从儿时相识，到闺中密友，到大学毕业，到结伴旅行——下雪天在东方明珠前合影……如数家珍。其实这些回忆我从小听到大，已是有些烦了。可是，看到妈妈和好友的那份友谊，又每每让我想起了你。

　　追溯我和你的相识，应该在二年级的时候，那时的我还是个乳臭未干的小毛孩儿，正因为要玩"两人三脚"的游戏寻不到玩伴而闹得跳脚。这时你战战兢兢地来到我身边，小心翼翼地问："咱俩一起玩吧？"我点点头，你脸上些许的顾虑顿时消失得无影无踪，取而代之的是咧开缺了两颗门牙的嘴，兴高采烈的欢颜。

　　自那以后，我们俩就像当初玩"两人三脚"一样，紧紧地绑在了一起。六年了，我们共同经历每一次默契的心跳，我们共同阅读每一处美丽的风景。我不知道如何精确表达我们之间的友谊，才不至于流于肤浅。有时，我渴望速速老去，这样，我就可以像妈妈她们一样，和朋友拉着彼此的手甜蜜地说话。

　　天完全暗下来，黑压压的一片。她们还不知疲倦地倾诉着近来发生的事情，但阿姨的儿子却不胜其烦，嚷着肚子饿。妈妈只好恋恋不舍地起身，带我离去。

　　在回家的路上，我忽然想到：一个人的一生，能有几个十年？而又有几个人，数十年会长久地和另一个人在一起？

这么一想，我不禁感叹，忍不住告诉了妈妈。她笑着说："据说世上保持友谊最久的是英国的一对九十五岁的老妇人，将近一个世纪。"

我点点头。如果到了晚年，还有一个人，可以和我们一起举头望月，低头怀旧，那或许就是人间最美的神话吧。

（指导教师：郭培旺）

我想握住你的手

潘文来

孩子长大了就会变得独立，从手上也一样能体现出来。

小时候的手是有依赖性的：在幼儿园阿姨的叮嘱声中，和身旁的小朋友毫无顾忌地拉在一起；出门的时候，乐于把胳膊举得高高的，把手塞进妈妈的手里；犯了错误，会嘟起嘴，把两只手在身后别扭地绞在一起……后来我长大了，手也长大了。肉嘟嘟的、脏兮兮的小手，变得修长秀美。然而漂亮的手却不愿见人了。出门时总想逃脱妈妈的束缚，大摇大摆地走在她前面；与朋友同行时，也是肩并肩，再也不见手拉着手；身旁坐了男生时，还会下意识地将自己的手保护好……

渐渐地，我几乎忘了，手还有除了拿筷子、写字之外的其他功能，忘记了手与手的接触，会成为人与人之间最近的距离。

那年夏天，我在南京参加数学竞赛。一天下午，听完报告后，各队自由活动。来自全国各地的队员们纷纷涌出礼堂后，偌大的礼堂里，只剩下了我们队和台湾队。带队老师鼓励我们去和台湾队的队员们交个朋友。

我决定和一个坐在角落里读书的女生聊聊。"你好，我们是沈阳来的。想和你聊一聊，可以吗？"她很腼腆地笑笑，"可以呀！"小声笑道。然后我觉得那段时光过得很漫长，只有我在发问，她总是用我几乎听不懂的话回答。我觉得自己的脸一直在机械地微笑，尴尬极了。再想要开口，却不知道说些什么。

我不甘心就这样结束这次谈话，我不相信同样是黄皮肤、黑头皮，说着一样的语言的我们，不能够快乐地交流。于是我一下子胆子大起来，伸手握住了她那双绞在一起的手——我想让我们的心最真诚地交流。她惊讶地抬头看着我，然后开心地笑起来。那笑是温暖的，那温暖顺着她的手传给我的手，使我刚才还乱撞的心平静下来。"你是第几次来大陆？这儿美吗？"……我的问题多了起来，她的回答也大胆流利了起来，有的时候，我听不懂的地方，她还急切地用手势表达出来。

不一会儿，我们身边就围过来好几个台湾的孩子。我们真诚地交谈，真诚地欢笑，真诚地握着对方的手。握着的手就像一座架在海峡两岸的桥，是人与人之间最近的距离。

海子面朝大海，想为每一个认识的或不认识的人祝福，于是春暖花开。我也愿心与心之间的海峡能用手与手相连，并大声对世界上每一个认识的或不认识的人说："我想握住你的手！"

（指导教师：张平）

雨蒙蒙，情深深

王丽娟

六月天，瞬息万变，刚才还是晴空万里，现在已是暴雨倾盆。

"丁零零——"放学的铃声响了。

"放学啦，放学啦。"同学们欢呼着冲出教室。

我也走出教室，可是雨还在下。

"这该死的老天。"我低声咒骂道，"明知道我没带伞，还下这么大的雨。"

我抬起头，看着暗黑的天空，有点不知所措。此时，走过来一个人，撑着蓝格子的小花伞。原来是我的"死对头"——王诗。

她慢慢地朝我走过来，嘴里冒出一句："你没有带伞吗？"

"关你什么事？没有伞，我一样能回家。"我对她充满敌意，一心只以为她是来嘲笑我的。

"我的伞借给你吧。"她边说边把伞递给我。

"不——稀——罕！"我不领情。

"拿着吧，衣服淋湿了会感冒的。"她硬是把伞塞到我手上。

"那——那——你该怎么办？"我支支吾吾。

"我没关系的，我免疫力是很强的，小雨对我根本就构不成威胁。"她一副很自信的样子。

"那……我们合撑一把伞吧。"我几乎是恳求了。

在我的"恳求"下，她终于答应了和我共撑一把伞。

远远的，你可以看见一高一矮两个人在一把伞下，在风雨中，一步一步艰难地向前走。

雨又大了点，一阵风从后面刮过来。"哎，抓住。"我们两个人用手紧抓伞柄，不让它被风刮跑。

　　"来，伞往你那边去去。""不，你往这里站站。"两个人谦谦让让，谁都不愿意多占一点儿地方。

　　尽管我们都遮着伞，但我们的衣服还是潮湿了。

　　"我，到家了，谢——谢你。"我站在家门口，感谢她。

　　"不用谢，我走了。再见。"她笑吟吟地向我挥挥手，一头钻进雨里。

　　"再见！再见！"我挥着手，喃喃地说道，伫立在家门口，看着她的身影一点一点在雨中消失……

　　脸上有股奇怪的液体在流动，不知道是雨水还是泪水……门外冷风凄凄，心中却涌起阵阵暖流。我一直认为自己是一个孤独的人，但这次我真切地感受到了同学之间的友爱深情。这一份美好的同学情，让我对生活中的一切充满憧憬和信心。它成为我心中的一瓶红酒，酿得越久，就越香醇。

　　谢谢你，同学！

　　　　　　　　　　　　　　　　　　　　　　(指导教师：周龙成)

真挚的友谊

叶　蕃

在这里，
有我们快乐的童年；
在这里，
有我们的欢声笑语；
在这里，
有我们之间真挚的友谊。

幼时的我住在乡下的爷爷奶奶家，在这里，我认识了你。从此，每天我们都一起玩，一直玩到筋疲力尽才回家。

还记得那时我们玩捉迷藏，我躲你捉。我躲进了自家的米缸里，在倒数十秒后，你开始寻找。

找了很长时间，你满头大汗，心急如焚，一声一声地喊着我的名字。我立刻从米缸里蹦出来，说："我在这里！"你放了心，笑着走过来，手搭在我的肩膀上，说："该你了！"

……

家离小河很近。我们相约着到河里游泳。河水很浅，只没到我们胸口。我一口气游到对岸，却发现你不见了。我焦急地找寻你的身影，不一会儿，你浮出水面："嘻嘻，我在这里。"

之后，我们在水里捉鱼摸虾。河水轻轻地流淌，鱼儿从手边悠闲地游过，透过清澈的河水，可以清晰地看到河底的小螃蟹正吐着泡泡。累了，我们便叼着狗尾巴草躺在岸边，一边晒太阳一边谈着心。

养足了精神后，我们又爬上树去掏鸟窝。一窝刚出生的小麻雀，浑身毛茸茸的，眼睛还没有睁开。你掏出一只放在我的手掌心上，我轻轻地抚摸着它，但并不想占为己有，又轻轻地将它放回了温暖的鸟窝，小麻雀不应该离开妈妈啊！

一只蝴蝶从眼前飞过，我们便追逐着去捉蝴蝶。那只白色的蝴蝶停落在一朵油菜花上，你蹑手蹑脚地走上去，一双稚嫩的小手慢慢地靠近它。你迅速地伸手，但毕竟还是晚了那么一丁点儿。而你由于用力过猛，身子站不稳，摔了个嘴啃泥。看着你的模样我笑得合不拢嘴，你挠挠头，也笑了。

夜幕低垂，我们便躺在草地上数星星。这是一天中最惬意的时光，仰望星空，面对明月，心里想着嫦娥和玉兔，还有吴刚和那永远也砍不倒的桂花树……

时光荏苒，白驹过隙，我们都长大了，我回到城里念书，见你一面已不再是那么容易。但是，在这乡间，那片油菜花地，那棵树，那条小河，那片草地，永远都在见证着你我之间真挚的友谊！

（指导教师：成亚军）

定格的瞬间

赵 妍

自然的天空，时阴时晴；花季的天空，色彩缤纷；友爱的天空，绚丽温馨。

——题记

镜头一：排队时的偶然相遇。

喧嚷的楼道间挤满了人，你我不约而同地站在了一起。你那如天使般纯美的笑容，仿佛让我置身于圣洁的天堂，两颗炙热的心灵在人海中逐渐接近。"你好可爱啊！"情不自禁的话语，让你我露齿而笑。心灵间的差距在一瞬间灰飞烟灭。

【画外音】心中悸动的瞬间，一阵暖流流遍全身，那感觉至今仍在心头，逐渐那阵悸动也化为了一阵暖流。在时光的潮流中，那份纯真的友情应该还在我们心灵深处，闪烁着不灭的光芒。青春的我们是幸福的，友爱的天空洋溢着知心与缘分。

镜头二：军训时的打闹嬉戏。

拖着疲惫的身躯，拿着行李，腿像灌了铅似的，寸步难行。随意选择的宿舍让我再次碰到了你，依旧是天真纯洁的笑容，夹杂着几分灵秀。宿舍间的打闹嬉戏，让感情更加贴近。你我间的熟络让彼此间的心田溢满幸福。

【画外音】人生是一场旅途，既然我们在青春的小站相逢，就要珍惜这份友谊，虽然走过这一程后，我们就会各奔东西，但这温馨的友情，却可以长存心间时时温暖自己。青春的我们是张扬的，友爱的天空写满信任与活力。

镜头三：泪滴中的永恒友情。

那晚，你我因为一点纠纷，吵架了，一次次的漠然划痛了我的心，我像走上了悬崖边的小鹰，撕心裂肺的疼痛，让我无法停止泪水，那一刻，我觉得我们间竟是那么的遥远。刹那间我的心灵像触电似的，阵阵颤抖。

【画外音】把你我之间烦琐的事连接起来，将会是事上最唯美的画面，将会是我们朴实友谊的见证。当心中的暴风雨来临时，你为我的天空撑起一把绚丽的花伞，让你我在人海中不觉渺茫寂寞。青春的我们是多姿的，友爱的天空充满了理解与包容。

深深的友爱，在黑白的旅途上跳出彩色的舞步；深深的友爱，让寂寞的月空中燃起噬火的美月；深深的友爱，让如聚的峰峦间奔腾出咆哮的瀑布。

(指导教师：李建军)

第十一部分

开在记忆深处的花朵

我可爱的樱桃树啊！每一片叶都记着一幅温馨的画面，每一朵花都盛着一个关于爱的故事。来年盛夏，又会开出一树洁白的花儿，又会结出千万个玲珑的果儿，又会滋长出无数个爱的童话！

——刘小欧《爱，在樱桃树下》

光阴的故事

秦子川

村头喜庆的喇叭声吹得十里八村的乡亲们都探出头来。

"听说是石匠家老大娶亲咧，女的还是从上海过来的呢！"有人笑着说。

"哟，那还娶了个大小姐啊！"

"大小姐哪能看上石匠家的儿子。也一定不是什么有钱人家。"

"那怎么也是从大城市来的，他们家祖上真积大德了。大城市闺女哪能长得差？"

人们七嘴八舌，兴致勃勃地议论着。

顾不得乡亲们的评头论足，爷爷站在门口搓着手心，焦急地等待着自己被父亲只带去匆匆看过一眼的新娘。

一顶颜色热烈却又简洁的两人抬的小红轿子终于落在了门口，爷爷紧皱的眉头舒展了，却还愣在原地。

媒婆轻嗔一声："愣着干吗，快来牵新娘进屋啊！"爷爷这才缓过神来，傻傻地笑了笑，走过来掀开轿帘，伸出自己的左手牵奶奶下轿。奶奶伸出自己的右手落在爷爷那因常年劳作而黝黑、粗糙、宽大的手上时，爷爷愣了愣。那是怎样一双娇小玲珑的手啊！匀称、纤细的手指，白嫩、洁净的皮肤。指甲经过细心的修剪，呈现出如峨眉月般优美的弧度，微微笼罩着红雾。爷爷赶忙收回自己的手，在衣服上使劲蹭了蹭，这才小心翼翼地牵起奶奶的右手，走向已在正堂中等候多时的父母……

奶奶婚后的生活和所有中国的农民一样，她和爷爷日出而作，日落而息。奶奶又特别善做家务活，十里八村的人没有不知道奶奶心灵手巧的。每每看到奶奶那双纤细的手扛起生活的锄头时，爷爷就心痛不已，便尽一切努力少让奶奶干活。然而，随着家庭人数的不断增加，一家八九口人的吃穿用度，让奶奶早已忘记自己的手还有欣赏的价值，也没有人再去关心有这么一双赏心悦目的手了。

光阴真是一个奇怪的东西，它一圈一圈的像家门口被伐倒的老树的年轮，不断地扩大着。它能把如玉脂般的皮肤变成干枯的老树皮，它无情地带走了爷爷，也把瘦小、害羞的小男孩变成拥有宽大肩膀的成熟小伙子——爸爸和我的小叔。当奶奶的满头秀发变得灰白时，她和爷爷硬是靠着自己的善良和勤劳，将爸爸和小叔培养成才，爷爷家也成了村里唯一一户兄弟都考上学校的人家。

亲眼看着自己的儿女们成长是奶奶的幸福，看着儿女们成家立业是奶奶的幸福，看着儿孙满堂更是奶奶的幸福。

傍晚，儿女们带着奶奶出去散步。没一会儿，奶奶落下了一段路。看看前面说笑的儿女们，奶奶不免自言自语："日子过得真快啊！"却忽然感觉身体被微微上抬，走路快了许多。奶奶抬头望了望高过她一头，在旁边搀扶她的我——她最疼爱的孙子，欣慰地笑了。"不急，奶奶，我们慢慢走，再说爸妈和姑姑都在前面等我们呢。"

奶奶向前望去，刚才谈笑的儿女们早已停了下来，静静地站在路边，微笑着在等奶奶和我。

奶奶笑意更浓了。她微微抬起头，夕阳的余晖透过奶奶那丝丝银发，映照在她满是皱纹却略显红润的脸上，慈眉善目中流露出对我和弟弟的无限疼爱。当又一束余晖轻轻地触摸着奶奶那双被岁月割裂出一道道纹痕，被苦难磨出一层层老茧，被阳光灼出一块块斑纹的苍老的手时，她像是对我们又仿佛自言自语："真是知足了，知足了！"

（指导教师：张亚之）

故乡的树

杜欣然

我是一棵参天大树，那块沉寂了千年的大地哺育了我，用母亲甘美的乳汁和博大的襟怀。清幽的早晨，晶莹的露珠亲拍我的双颊；明媚的午后，五彩的骄阳渲染我的脸庞；可爱的傍晚，徐徐的晚风抚摸我的两鬓。

燕语呢喃，唤来了草长莺飞的暖春，春风早早为我送来翠绿的春衣。我在三月春晖下翩然起舞，旋动的舞步，洒下一片绿的精魂。太阳总是最先和我打招呼，他会咧开大嘴，敞开怀抱，让酥骨的温暖融化我冻结的心。

孩子们的欢声笑语迎来了五光十色的夏，我感到热血沸腾，蓬勃如朝阳！细心的你也许会察觉，我那翠绿的羽衣早已碧波荡漾，浑圆润泽如碧玉。在这一刻，我分享着孩子们的快乐，他们围绕着我，如同我膝下满堂的儿孙。我喜欢他们拥进我的臂膀，喜欢他们调皮的搔弄，更喜欢他们烂漫的音容。望着一张张稚嫩的熟睡的小脸，我渴望时间停滞不前，长留这最惬意的一刻！

秋雨潇潇，我数着年轮渐渐老去。天边偶尔掠过一片云朵，投下淡淡云影，我似乎看到了忙碌的人们跳动的火热的心。田间大丰收，人人笑逐颜开，一年的不悦，一年的奋斗，都成过往。我淡然地褪去绿衣，我想我该换身新衣裳了。那是一件金色的耀目的衣服，我扭了扭腰肢，粼粼金波飘然而下。他们在岁月的顶点留下了美丽的倩影……

冬天并不肃杀，只是有点冷清，我耐不了寂寞，因为雪精灵不常光顾这儿。我总是看我眼前匆匆的人流，原始的节奏，平淡的气氛。一年快到尽头了，拉开帷幕，又是一台崭新的舞剧，灯光下，主角是每一个人。我学着昂首挺胸，大义凛然，把飒爽英姿留给每一个人。我自豪地对自己说："严冬也是如此美丽！"我对故土的所有充满了眷念、热爱；我对哺育我的母亲满怀永久的感激、崇敬。故乡啊，我愿用生命谱写挚爱的恋曲，送给你，愿你永生！

（指导教师：余军英）

向你的背影鞠躬

顾婷婷

淡淡的水汽笼罩着一层薄薄的光晕，阳光困倦地伸着懒腰，却还是捉弄似的朝我们憨憨地笑着，将阳光洒在那两个清晰的轮廓边缘。

微微张开涩涩的眼睛，只感觉全身一下子放松了许多。眼前模模糊糊的是那张黑瘦的脸，他见我醒了，额前的两道皱纹平坦了许多，看清了，那是张宽大的脸。豆大的汗珠从他那土壤般健康色泽的脸上滚落下来。隐隐约约的，那颗颗汗珠中折射出一个睁大双眼的童稚的自己。深邃的瞳孔边缘满是泥土浸过的气息。他将我扶上他的背。忽然感觉自己在一根坚硬的竹竿上摇摇晃晃……

摇摇晃晃的是一个童年，飘进梦里的总有那根似竹竿挺拔的背，更有他那满齿间的麦香在风中回旋，在那片金色的麦地荡漾。

锄头是他忠实的伴侣，每次当他微笑着扛起那根锄头，总能深深地感受到那锄头与脊背碰擦的特有的清纯音色。我的身影时常飘进他的麦地，小脚踩在那刚刚收割的麦子上，"沙沙沙"，像春蚕的咀嚼，它痒痒地拨动着我的心弦，整个身心便溢出了无尽的丰收之喜。那时，他高大的身影总会随那如潮的麦地涌向我的身旁，用那双粗糙的大手抓起一把麦穗，相互摩擦，跳动，碰出一首丰收的交响乐。

他培育的麦地是镇里最好的，可他总是说不足挂齿，人万万不可骄傲啊！山外有山，人外有人，孩子，记住人就要踏实。

天亮了，花谢了，那个金色的麦地上演着一次次的收割，一次次的播种，像一出充满活力的戏。而他总是在那个戏台独自演出，独自谢幕，我就是他唯一的观众。那个忙碌的身影渐渐随着流年逝去，淌在缕缕飘散的麦香中。

当我真正长大的时候，再踏进那片麦地，只有余晖温暖的照耀，不再有耳边温暖的话语。但是我依然觉得，自己仍被那一股爱包围、被那句教导环绕。他那坚强、那踏实的精神将永远留在我的记忆深处。

又是一年麦香飘，举起我的手放在耳边，我向你的背影敬礼——我的外公！

（指导教师：陈英）

爱，在樱桃树下

刘小欧

　　姥姥家有一个精致的院落。院子的边缘有一排樱桃树。夏季，樱桃花开了，一树一树的，洁白如云，晶莹如雪，朵朵樱桃花含蓄地笑着，像是在讲述着一个个美丽的童话。

　　小时候，我常住在姥姥家。在那些阳光灿烂的日子里，我总喜欢坐在樱桃树下的青石板上，痴痴地看着悠悠的云，嗅着醉人的花香。这时候，姥姥总是用小锤子细心地敲碎山核桃的硬壳，把果仁递给我。风柔柔地吹动树枝，抖落无数雪片般的花瓣，落到我和姥姥的头发上。我开心地在樱桃树下听着姥姥讲述着一个个美妙的传说。

　　樱桃花几度芬芳后，我早已不再是当年樱树下的那个小姑娘了，再次回到姥姥家时，樱桃树已一片绯红。剔透的樱桃如一张张汗津津的小脸冲我莞尔微笑。姥姥会轻轻摘下这些红宝石似的小樱桃，放入冰箱，不多时，再取出，樱桃上已有了细细的冰霜。姥姥拿了一个放到我嘴里，刹那间有一种不可言喻的清爽渗透全身，满口都沁满了醉人的香甜！

　　后来樱桃果儿也落了，而我回到那个小院子的次数也随着樱树的花开花落渐渐变少。我以为我再也看不到那满树的樱桃花，再也吃不到那冰爽的樱桃了。今秋，当我像个失约的故人来到樱桃树前轻轻叹息时，姥姥不声不响地拿来一罐神秘的红色液体，打开一看——原来姥姥不知花费了多少心思把樱桃做成果酱，只为了把这夏季里的最后一树清香留下来给我尝一尝！这一罐鲜红的果酱，是那样的纯正，香甜如同一罐浓浓的爱。

　　记得我走的那天，姥姥站在樱桃树下一直远远地望着我。风吹动一树枯枝，也吹乱了姥姥的发丝。于是，我心里也有种说不出的酸楚。一时间，儿时的记忆又出现在脑海中，带着姥姥浓浓的爱……

我可爱的樱桃树啊！每一片叶都记着一幅温馨的画面，每一朵花都盛着一个关于爱的故事。来年盛夏，又会开出一树洁白的花儿，又会结出千万个玲珑的果儿，又会滋长出无数个爱的童话！

爱，在樱桃树下！

（指导教师：丛贵慧）

开在记忆深处的花朵

陈欣怡

到了，终于到了。外公，这里是你一直不舍的地方。此刻油菜花开得正旺，漫山遍野一片金黄，映亮了眼睛，也照进人们的胸腔。

还记得你病重的时候，年过七十了，却还一直像个孩子似的执拗。我们于是满足你的心愿。你回到了老家，继续在你心爱的田地里忙碌。当你离开挚爱土地的最后一刻，你有没有再看一眼窗外——你种下的那遍地的油菜花？我知道，你一定把那油菜花深深地记在了心里，带着芬芳的记忆去了另一个地方。

你在那里还好吗？还像以前一样忙碌吗？现在那里的油菜花开了吗？

踏入老房，抚摸着青砖墙，我嗅到了岁月的气息。桌上还放着干干净净的抹布和整整齐齐的锅碗瓢盆，角落里还放着你使用多年，木柄光滑的锄头。一切依旧，仿佛你还在，可是我听不见，摸不到。

我们的合影，依然放在你的床头柜上，照片里有我小时候的样子。你抱着我，我则很安心地在你怀里入梦。我已记不清那时的梦是不是关于你和你的油菜花。一切依旧，可是你又去了哪里？是又去了油菜地里操劳吗？

屋外的油菜花在春雨中轻轻摇摆，它们是不是还不知道你已经永远离开了，它们为什么还扬着笑脸，是等待雨过天晴，在阳光下结出饱满的荚儿感谢你吗？我透过蒙蒙雨丝，好像又看到你在田里辛勤劳作的情景。一望无际的金色田野，仿佛那艳艳春日沉淀下来了，沉淀在一片片薄薄的花瓣尖上。那时的你会时常扬起笑脸，看着阳光下摇摆的金色花穗，笑得比油菜花还艳。

一滴泪滑落，梦毕竟还是梦，你毕竟还是走了。可是，我记忆深处的油菜花总是有你相伴，你永远是我记忆中最亮丽的一景。

　　捧着一株油菜花，轻轻埋在你坟前，你有没有闻到淡淡的花香？有没有看到油菜花对你扬着笑脸？

　　等到来年，这里也会油菜花满地，就像我记忆深处的一样。

（指导教师：生国俊）

故乡的那棵树

王雪雯

奶奶坐在院子里，倚着那棵老槐树。槐花像白雪，似蝴蝶般飘落下来，纷纷扬扬地落了奶奶一身。一棵老树，一位老人，阳光正浓，却带着一种说不出的落寞。

自从爷爷走后，奶奶老了很多，总喜欢坐在树下，一坐就是一天，倚着树，抚摸着树。被奶奶抚摸的树干很光滑，一如爷爷温和谦逊的笑脸，奶奶说："这棵树是年轻时我与你爷爷种的，不知不觉都长这么粗壮了。"小时候，常常看见爷爷奶奶坐在老槐树下做些零活，听着收音机里唱的黄梅戏，我想，爷爷和奶奶是喜欢跟槐树一起变老的。

爷爷生病时，当了一辈子医生的奶奶手足无措。爷爷得的是癌，因为年龄太大，无法开刀，亲人轮番去照顾爷爷，唯独不见奶奶，她见不得爷爷疼。爷爷走时，槐花飘呀飘呀，像在下雪，奶奶没哭，她的眼泪已经流干。

183

奶奶不肯随我们去城里，她要守着老槐树，守着爷爷。"你爷爷怕寂寞啊！"奶奶轻轻地对我说。奶奶曾说过，如果哪一天，其中的一人走了，另一个人看到树，就知道走的人过得好好的，永不孤单。

在他们心中，槐树是有灵魂的，它见证着爱情是天上人间永不分离的。我知道了，故乡的那棵树，在他们的心底，会永远存在。

（指导教师：刘新川）

月是故乡明

赵如琰

　　我的故乡在一个宁静的小村子里。那里没有风光秀美的山水，没有如诗如画的景色，却独有一轮明月，为这村庄的漫漫长夜增添了一抹明丽的光彩。

　　子夜，繁星如浓密的雨点，点缀于漆黑的天幕，当空悬挂的那轮玉月在星幕的映衬下散发出淡淡的光辉。清冷而幽深的月光洒下一片朦胧的暗影，在屋檐上，在田野里，在水井旁，在树丛中……遮遮掩掩，影影绰绰，宁静而悠远。皓月在缕缕轻烟似的薄云中穿行，她凄美的韶华和冰冷的妍丽在星夜下清幽地绽放，荡人心魂。

　　"雾失楼台，月迷津渡。"往往这时，我——这个月下的窥视者不禁被这淡雅清寂的境界所迷，摆脱了尘世的羁绊，忘却了自我，只留下心底的一片沉静恬淡。

　　"倾尽泠水接天月，镜花如幻空意遥。"童年时，有多少个静谧的夜晚，是我与明月相伴？在朦胧的月色中，在悠远的意境里，素月给了我无尽的遐思，让我于梦中陶醉，流连忘返。

　　惘然中梦已醒。我离开了宁静的村庄，融身于喧嚣的城市。午夜时分心中凄凉的惆怅，我仰望灰天，映入眼帘的是一弯缥缈的月，呆板地嵌在被霓虹灯渲染的天幕中。我不禁想起了那清朗明净的故乡之月。蓦地，深深的思念涌上心头。

　　"露从今夜白，月是故乡明。"我怀念着故乡的那轮明月，在浓浓的思乡之苦中回味着故乡生活的甜美。

（指导教师：郑凌燕）